www.b-books.co.kr

헌터 레볼루션

헌터 레볼루션

1판 1쇄 찍음 2020년 5월 20일
1판 1쇄 펴냄 2020년 5월 27일

지은이 | 정사부
펴낸이 | 정 필
펴낸곳 | (주)뿔미디어

편집장 | 문정흠
기획 · 편집 | 정대영

출판등록 | 2002년 9월 11일 (제081-1-132호)
주소 | 경기도 부천시 원미구 소향로 17번길(두성프라자) 303호 (우) 14544
전화 (032)651-6513 / 팩스 (032)651-6094
E-mail | bbulmedia@hanmail.net
비북스 | http://www.b-books.co.kr

값 8,000원

ISBN 979-11-6565-198-5 04810
ISBN 979-11-315-9849-8 04810 (세트)

※파본은 구입하신 서점에서 교환하여 드립니다.

BBULMEDIA FANTASY STORY

헌터 레볼루션

정사부 현대 판타지 장편 소설

12

1. 미국의 제안

화려한 궁전의 내부는 동화 속에서나 나올 법한 커다란 수정 기둥들로 이루어져 있었다.

　그곳에는 세상의 모든 빛을 빚어 만든 듯한 아름다운 여성이 수정으로 된 의자에 앉아 자신의 앞 테이블 위를 내려다보고 있었고, 그녀의 시선이 머무르는 곳에서는 마치 텔레비전과 같은 영상이 나오는 중이었다.

　"호, 이것들이 깜찍한 짓을 하고 있네."

　여인은 뭐가 그리도 재밌는지 테이블에 나타난 화면을 보며, 미소 띤 얼굴로 중얼거렸다.

　하지만 마냥 재미있기만 하지는 않았다.

그녀의 입꼬리는 씰룩이고 있었는데, 이를 보면 기분이 썩 유쾌하기만 하지는 않은 것 같았다.

"하지만 너희 뜻대로 되지는 않을 거야."

자신과 계약한 존재들이 자신을 속이고 꾸미고 있는 일을 조용히 지켜보며 그렇게 나지막하니 중얼거렸다.

그러면서 여인은 분할된 화면 속에서 또 다른 것을 확대했다.

그곳에는 수많은 인간들이 자신들보다 덩치가 큰 몬스터들을 상대로 고군분투를 하고 있는 모습이 보였다.

"확실히 재미있어."

자신이 창조한 인간들이 이계에서 온 침략자들을 상대로 싸우며 진화를 하고 있는 모습이 기꺼웠기 때문이다.

생각을 해 보면 자신이 만든 생명체 중에서도 인간은 참으로 특이했다.

사실 지구에 현존하는 인간들은 그녀가 최초로 만든 존재들은 아니었다.

그녀는 이미 몇 차례나 세계를 만들어 왔다.

자신의 시험을 통과하지 못한 문명을 반복하여 재창조하였지만, 지금까지 만든 인간들은 언제나 같은 결과를 만들어 냈다.

그 때문에 이번 시험을 마지막이라고 결정하며 이번에는 이계, 즉, 다른 신들이 만들어 낸 차원을 찾았다.

비록 그 차원은 종말이 예견된 차원이었지만, 그렇기에 오히려 더욱 좋다고 생각했다.

만약 차원을 만든 신이 그곳에 남아 있었더라면, 그들을 데려오느라 신력을 상당히 많이 썼을지도 모른다.

한데 정말 우연찮게도 신들이 버린 차원을 찾게 되었고, 그녀는 아주 경미한 신력만을 사용하여 자신의 계획을 실행할 수 있었다.

그로 인해 여인은 최후의 시험에 소모해야 할 신력을 아낄 수 있었다.

정작 이러한 내막을 알지 못하는 칸트라 차원의 존재들은 지구의 신이 자신들과 계약하면서 막대한 신력을 잃었다 판단하고 엉뚱한 상상을 하고 있는 중이었다.

비록 지구의 신이 고신(古神)급은 아니었지만, 그래도 신은 신이었다.

신성을 얻지 못한 존재와 신성을 얻어 신이 된 존재의 격은 그들이 생각하는 것보다 더욱 큰 차이를 보였다.

더군다나 여인은 지구라는 차원에 자리 잡은 유일한 신.

즉, 여러 명의 신들이 있던 칸트라 차원과는 다르게 지구에는 홀로 독존하고 있다는 것이다.

그리고 한 차원에 여러 명의 신이 관리하는 것과 한 명의 신이 관리하는 것의 차이를 모르는 칸트라 차원의 존재들이었다.

그들은 유일신과 계약을 한다는 것의 의미를 알지 못했고, 각자 지구를 차지하기 위한 망상을 하고 있었다.

하지만 여인은 그러한 것을 모두 알면서도 이를 지켜만 보기로 했다.

그래야 자신이 계획한 시험이 더욱 완벽해질 것이라 믿었기 때문이다.

그리고 실제로도 칸트라 차원의 존재들이 꾸민 음모로 인해 지구의 인간들은 물론이고, 동식물들까지 여인이 생각한 이상으로 진화를 하고 있었다.

특히나 지금 보고 있는 인간은 그녀의 마음을 흡족하게 만들었다.

다만, 그녀가 생각하는 진화 과정과는 조금 달랐지만 말이다.

어쨌든 다른 인간들보다 빠르게 성장을 하여 이계의 침략자들과 대등하게 싸우는 것을 보니, 이계까지 찾아간 자신의 수고가 헛되지 않았다 생각 들었다.

"어디까지 성장할지는 아직 모르겠지만, 조금 더 날 기쁘게 해다오."

*　　　　*　　　　*

미국은 갑작스럽게 열 개나 되는 게이트 브레이크가 동시에 발생하면서 급하게 자신의 동맹국과 세계 여러 나라에 도움을 요청했다.

하나 예전이라면 모르겠지만, 대격변이 발생한 이후 세계 초강대국 미국의 이름은 사실상 빛바랜 사진과도 같아졌다.

그럴 수밖에 없을 것이, 모두 제 코가 석자라 자신의 안전을 책임질 무력을 외국으로 파견 보내기가 쉽지 않은 것이었다.

더군다나 몬스터 웨이브도 평범하지 않았다.

브레이크로 인해 게이트에서 나온 몬스터 중 가장 약한 것이 5등급 몬스터.

자국의 헌터를 미국으로 지원을 보낸다는 말은 한마디로 죽으러 가라는 소리나 다를 게 없었다.

보통의 몬스터 웨이브는 몇 마리의 5등급 이상의 몬스터가 준동하면, 그에 놀란 낮은 등급의 몬스터들이 본능적으로 도망을 치면서 발생하는 것이다.

그 때문에 사실상 헌터들에게 위협이 되는 몬스터는 얼마 되지 않았다.

하지만 미국 남부 텍사스와 멕시코 국경에서 발생한 몬스터 웨이브는 그 성격부터가 달랐다.

단순하게 몬스터들이 먹이사슬 때문에 하위 몬스터들이 상위 몬스터를 피해 도망을 치면서 발생한 것이 아니라, 처음부터 게이트 브레이크를 통해 마치 군대가 타국을 침략하

듯 밀려들었다.

이는 지금까지 단 한 번도 보인 적이 없는 일이었다.

아니, 애초 열 개의 게이트가 생겨나고, 그것들이 동시에 브레이크가 발생하는 것부터가 말도 안 되는 일이었다.

이 때문에 멕시코는 초기에 대응도 하지 못했다.

덕분에 미국과 국경을 닿고 있는 리오그란데 강 인근의 레이노사 시는 몬스터로 인해 폐허가 돼 버리고 말았다.

만약 몬스터들이 멕시코가 방비가 덜돼 있다고 느끼지 않았다면, 곧장 텍사스로 진격했을 것이고, 아마 미국은 텍사스뿐만이 아니라 남부 지역 모두가 초토화되었을 것이 분명했다.

하지만 그건 단순한 가정일 뿐.

실상 몬스터들은 멕시코 레이노사 시를 초토화시킨 뒤에서야 방향을 돌려 텍사스로 향했다.

이렇게 미국의 입장에서 몬스터들이 멕시코를 거쳐 다시 되돌아오는 동안 시간을 벌어 몬스터 웨이브에 대비를 할 수 있게 되었다.

하지만 아무리 준비를 해도 부족한 것이 헌터 전력이다.

그나마 오랜 동맹이던 캐나다와 한국에서 유명 헌터 길드들이 파견을 와 준 것이 위안이었는데, 그중에서도 한국의 헌터들은 기대 이상의 활약을 보여 주었다.

한국에서 온 헌터는 사실 다른 나라에서 온 헌터의 숫자에 비해서 그리 많다고 할 수는 없었다.

프리랜서로 활동하는 헌터들이나 작은 규모의 헌터 길드가 대부분이라 그 수가 천 명이 채 되지 않았다.

하지만 이들 중 100여 명으로 구성된 언체인 길드의 활약은 그 어느 국가의 헌터들보다 월등했다.

아니, 단순히 월등하다고 말할 정도가 아니라, 아주 독식에 가깝게 몬스터들을 쓸어버리는 활약을 보였다.

그 바람에 몬스터 웨이브를 막기 위해 텍사스로 온 미국의 헌터는 물론이고, 다른 동맹국에서 몰려온 헌터들은 병쩌 있을 수밖에 없었다.

그도 그럴 것이, 몰려드는 몬스터들을 막아 내면서 언체인 길드와 한국에서 온 헌터들은 각종 몬스터의 사체와 마정석을 대부분 챙겨 버렸기 때문이다.

그에 반해 다른 나라의 헌터들은 활약한 것이 적다 보니, 돈이 될만한 것이 얼마 남지 않았다.

비율로 따지면 8할 혹은 그 이상으로 확연하게 차이 날 정도.

물론, 언체인 길드와 한국에서 온 헌터들이 몬스터 웨이브를 최전방에서 막아 내면서 다른 국가의 헌터들은 희생자가 많이 발생하지 않았고, 그것만으로도 그들은 한국의 헌터들에게 고마워해야 했다.

하나 사람의 마음이 항상 선하지는 않았다.

미국과 타국의 일부 헌터들은 언체인 길드와 한국 헌터들이 정당하게 가져가는 몬스터 사체와 보상에 불만을 토하기도 했다.

그렇지만 엄연히 이는 계약에 의해 처리가 되는 것이라 불만이 있더라도 어쩔 수가 없었다.

그 와중에 미국의 관계자들은 언체인 길드와 한국의 헌터들이 몬스터 사체와 그 안에서 나온 마정석을 미국 내에서 판매해 주기를 바랄 뿐이었다.

그런데 상황이 급변했다.

연일 계속되던 몬스터 웨이브가 하루아침에 사막의 신기루마냥 사라져 버린 것이다.

몇 시간 전까지만 해도 휴스턴을 쑥대밭으로 만들어 버릴 것처럼 밀려들던 몬스터 웨이브였다.

하늘 저 높은 곳에서 지상의 게이트를 감시하던 정찰 위성으로도 사라진 몬스터의 흔적을 찾을 수가 없었다.

이 때문에 미국의 헌터 협회는 물론이고, 펜타곤과 미국 항공우주국인 NASA의 관계자, 그리고 백악관마저도 이번 사태에 정신을 차릴 수가 없었다.

몬스터 웨이브가 사라졌다면 기쁜 일이지만, 이들의 입장에선 마냥 좋다고만은 할 수가 없기 때문이었다.

원인을 알지 못하는 평화는 알지 못하는 변수에 의한 불안감만 증폭될 것이 분명했고, 이는 미국을 이끌어 가는 위정자들에게 심각한 위협을 느끼게 만들었다.

원인을 알 수 없게 사라진 몬스터 웨이브가 또다시 갑자기 나타나면 안 되기에 그 원인을 찾기 위해서 백방으로 몬스터의 흔적을 쫓았다.

＊　　　＊　　　＊

그렌트 대통령은 심각한 표정을 하며 주변에 모여 있는 NSC 위원들을 돌아보았다.

"그것들의 행방을 아직도 찾지 못한 것이오?"

누군가를 딱 짚어 물어본 것은 아니지만, 이 자리에 있는 NSC 위원 중 정보를 취급하는 부서의 수장들은 하나같이 꿀 먹은 벙어리마냥 아무런 말도 하지 못했다.

"존슨 박사, NASA에서는 뭐 찾은 것이 없소?"

CIA나 FBI, 그리고 DHS 등 미국의 정보기관은 물론이고, 국방 장관까지 아무런 대답을 못 하고 있자, 그렌트 대통령은 고문으로 안보 회의에 참석한 NASA 소속의 존슨 박사를 보며 물었다.

"그게……."

다른 정보국 국장들이 하나같이 침묵을 지킬 때 유일하게 소리를 내는 존슨 박사로 인해 사람들의 시선이 모두 그에게로 쏠렸다.

그렇게 사람들의 시선이 몰리자, 존슨은 잠시 대답을 하다 말고 주변을 살폈다.

하나같이 그의 얼굴을 뚫어 버릴 듯 쳐다보는 탓에 부담이 되었지만, 존슨은 자신이 해야 할 일을 잊지는 않았다.

"아무래도 몬스터들이 게이트로 되돌아간 것 같습니다."

"뭐요?!"

갑자기 사라진 몬스터 웨이브 때문에 시작된 안보 회의에 NASA에서 파견된 존슨 박사였다.

한마디로 헛소리를 할 사람이 아니라는 것이다.

한데 그런 그가 내뱉은 말은 농담으로 생각할 만큼 어처구니가 없는 내용이었다.

그 많던 몬스터가 자신들이 나온 차원 게이트 안으로 돌아간 것 같다니.

자리에 있던 사람들 모두 의아한 표정을 하며 되물었다.

"여기……."

자신의 말의 근거를 뒷받침하기 위해 존슨 박사는 실내 한쪽에 마련된 모니터에 자신의 노트북을 연결하여 화면을 띄었다.

한편 사람들은 갑자기 존슨 박사가 대답을 하다 말고 노트북을 설치를 하자, 모두 고개를 돌려 화면으로 시선을 옮겼다.

"아!"

존슨 박사가 연결한 화면 속에는 폐허가 된 텍사스 남부의 전경이 펼쳐져 있었다.

참혹한 광경에 누구의 입에서 나온 것인지 알 수는 없지만, 낮은 탄성이 터져 나왔다.

하지만 어느 누구도 그런 탄성에 귀 기울이는 사람은 없었다.

화면에는 논밭이 뒤집혀 있었고, 그 위에는 몬스터의 피와 화마로 검붉게 덧칠해져 있는 모습이 보였다.

그 옆에는 아직도 한창 몬스터 사체를 해체하는 사람들과 몬스터와 싸우다 장렬히 전사한 헌터들의 시체를 수습하는 이들도 보였다.

그러한 모습에 그렌트 대통령을 비롯한 NSC 위원, 그리고 국토 안보 회의에 고문으로 참석한 많은 이들이 잠시 침묵을 지켰다.

지이잉—

노트북과 연결된 화면을 빠르게 돌린 존슨 박사는 화면의 초점을 멀리하여 관찰 범위를 넓혔다.

그러자 몬스터 웨이브로 인해 폐허로 변한 지역과 아닌 지역이 확실하게 구분이 되었다.

"여길 보십시오."

화면을 띄운 존슨 박사는 레이저 포인터를 이용해 화면의 어느 지점을 찍었다.

"음……."

"여기 길게 나 있는 선을 따라가면, 이렇게 멕시코와 국경을 맞대고 있는 리오그란데 강이죠. 그리고 바로 이곳에 차원 게이트가 있고요."

존슨 박사는 휴스턴에서부터 길게 보이는 흔적을 따라 차원 게이트가 있는 리오그란데 강어귀를 연결하여 보여 주었다.

한데 이상한 것이 있었다.

불과 얼마 전까지만 해도 웨이브가 시작된 뒤 수많은 몬스터가 밀려들던 휴스턴 서부 입구였다.

그곳과 쭉 연결된 리오그란데 유역의 차원 게이트는 전투가 없을 때도 대기하는 군대처럼 몬스터들이 정렬해 있던 곳.

그러한 곳이었음에도 지금은 살아 있는 몬스터는 하나도 보이지 않았다.

그렇다고 그 많던 몬스터들이 공격을 위해 다른 지역으로 이동한 것으로는 보이지 않았다.

'다행이군.'

그렌트 대통령은 속으로 그렇게 안도의 한숨을 내쉬었다.

여기서 최악은 몬스터들이 휴스턴 진입에 막혀 다른 지역으로 퍼져 나가는 것이다.

그런데 위성사진을 통해 본 바로는 그러한 최악의 상황까진 치닫지 않음을 알게 되었다.

"그 어느 곳에도 몬스터의 흔적이 보이지 않습니다."

"그럼 그 많던 몬스터들이 어딜 간 것이란 말인가? 조금 전에 박사가 한 말처럼 몬스터들이 모두 차원 게이트로 돌아갔다면, 그것을 증명할 수 있나?"

그렌트 대통령은 최악은 아니지만, 조금 전 존슨 박사가 이야기한 사실도 쉽게 믿기 어려웠다.

"그럼 잠시 시간을 돌려 보겠습니다."

존슨 박사는 그렇게 이야기를 하며 다시 한번 노트북 화면을 조작했다.

그러자 화면이 조금 당겨지면서 몬스터 웨이브가 진행된 지역만을 비추기 시작했다.

그리고 마치 되감기라도 한 듯 화면에 표시된 시간이 거꾸로 흐르기 시작했다.

계속 뒤로 되감기던 화면에 무언가 나타났다.

"몬스터다."

그랬다.

화면에 차원 게이트가 있는 리오그란데 강 어귀에 몬스터들의 모습이 보인 것이다.

그리고 조금 더 화면이 거꾸로 되감기면서 점점 몬스터의 숫자도 늘어났다.

즉, 방금 전 존슨 박사가 주장한 것과 같이 몬스터가 차원 게이트로 돌아간 것이다.

"박사의 말이 사실이군."

그 모습을 본 그렌트 대통령은 나지막하게 말을 하였다.

몬스터들은 처음 나타났을 때와는 비교도 되지 않을 정도로 빠르게 이동하여 차원 게이트 안으로 들어가 버렸다.

그 때문에 다음 몬스터 웨이브를 막기 위해 준비하던 헌터들은 몬스터들을 찾지 못하게 된 것이다.

놈들은 너무나도 빠르게 이동을 해 버리는 바람에 사라진 것처럼 느끼게 되었는데, 이로 인해 혹여나 다른 곳으로 공격을 가거나, 자른 지역에 숨어 있다가 다시금 공격을 해 오지 않을까 걱정을 하던 차였다.

하지만 이제는 그 원인을 알게 되었으니, 한결 안심이 되었다.

"다행이군, 다행이야."

"그렇습니다. 몬스터 웨이브가 끝났습니다!"

"와아아!"

몬스터들이 차원 게이트 안으로 들어간 것을 확인하자, 드디어 재앙이라 할 수 있는 몬스터 웨이브가 끝났다고 확신한 이들이었다.

*　　　*　　　*

몬스터가 사라졌다.

리오그란데 강에서 시작된 몬스터 웨이브를 막기 위해 휴스턴에 집결해 있던 헌터들에게 이 소식은 가뭄의 단비와도 같은 소식이었다.

그도 그럴 것이, 지금까지 이와 같은 몬스터 웨이브를 경험하지 못한 헌터들은 몇 주째 이어지는 몬스터와의 전투로 인해 심신이 많이 지친 상태였다.

몬스터 웨이브의 가장 약한 몬스터도 무려 5등급이나 되는 몬스터로만 구성이 되어 있는 탓에 헌터들은 이를 막아내기 위해 정말로 죽을 고비를 무수히 넘기고 있었다.

그나마 그런 것치곤 상대하는 몬스터들에 비해 희생자가 많이 나오지 않았는데, 이는 전적으로 한국에서 지원을 온 헌터들 덕분이었다.

만약 한국에서 온 헌터들이 없었다면, 그들은 모두 죽은 목숨일 것이라 생각할 정도로 악전고투를 치러 왔다.

그런데 몬스터 웨이브가, 아니, 몬스터 웨이브를 일으키던 몬스터들이 어느 순간 감쪽같이 사라져 버렸다.

이에 헌터들은 처음에는 조금 당황했지만, 얼마 지나지 않아 자신들이 살았다는 것에 안도하며 기뻐했다.

몬스터란 후퇴를 모르는 놈들이다.

가끔 후퇴를 한다지만, 그건 무리를 모아 다시 공격하기 위함이었다.

헌터들은 그런 놈들의 습성에 대해 너무나도 잘 알고 있었기에 그동안 몬스터 웨이브를 막아 내면서 언제 죽을지 모른다는 불안감에 치를 떨었다.

그나마 자신들에게 몬스터 못지않은, 한국에서 온 헌터들이 있어 피해가 적었다.

그렇지만 아무리 헌터가 강력하다고 해도 계속해서 밀려드는 몬스터의 파도 속에서 언제까지 살아 나갈 수 있을 것이라 장담할 수가 없었다.

그런데 헌터들을 두려움에 떨게 하던 몬스터들이 싹 사라져 버린 것이다.

잠시 숨은 것도, 그렇다고 어디서 함정을 파고 있는 것도 아니라 확인되었다.

헌터 협회와 정부에서 몬스터들이 사라진 행방을 발표함으로서 이러한 막연한 두려움이 모두 사라졌다.

이제는 재앙이라고 불리던 리오그란데 강 차원 게이트에서 발생한 몬스터 웨이브는 공식적으로 종료가 되었다.

이번 웨이브를 막아 내기 위해 많은 헌터들이 희생되었지만, 그래도 살아남은 사람들은 몬스터 웨이브 종료 선언과 함께 축제가 벌어졌다.

그도 그럴 것이, 이번 것은 여타 몬스터 웨이브와는 질적으로 다르기 때문이었다.

몬스터 웨이브를 구성하는 몬스터 하나하나가 무려 5등

급 이상의 몬스터로 구성되어 있었다.

그 말은 죽은 몬스터 모두 헌터들의 몫이고, 일정 세금만 납부하면 모든 것이 헌터들에게 돌아간다는 소리였다.

수많은 헌터가 이번 몬스터 웨이브를 막기 위해 동원되었지만, 이들에게 모두 돈방석에 앉을 수 있을 만큼의 몬스터가 잡혔다.

죽기도 많이 죽고, 죽이기도 많이 죽였다.

희생한 헌터들에게 적절한 보상을 해 주어도 이들에게 돌아가는 보상금과 배당금은 천문학적인 금액이 될 것이 분명했다.

웬만한 국가라면 아마 이번 몬스터 웨이브로 국가가 멸망했을 지도 모르지만, 그나마 초강대국 미국이라 막아 낼 수 있었다.

더욱이 미국은 이번 몬스터 웨이브를 막아 내는데, 자국이 보유한 스페셜 공대 두 개 중 단 하나만 텍사스 몬스터 웨이브에 파견하여 체면치레를 하였다.

남은 전력은 전국에 있는 헌터 길드나 미국으로 귀화한 외국 출신 헌터, 그리고 동맹국에서 파견 온 헌터로 이루어져 있었다.

그러다 보니 실질적으로 미국이 이번 몬스터 웨이브를 막아 내면서 피해를 본 것은 사실상 얼마 없었다.

그도 그럴 것이, 몬스터 웨이브를 막기 위해 준비하는 과정에서 헌터들의 배치는 전적으로 미국의 헌터 협회에서 분류를 하는 것이었다.

하여 상대적으로 위험도가 낮은 쪽에 자국의 헌터를 배치를 하였고, 위험한 곳에는 동맹국에서 파견되어 온 헌터들을 주로 배치하였다.

물론 스페셜 헌터가 포함된 헌터는 다른 나라들의 시선을 의식해 중요한 거점에 배치를 하기는 했지만, 그래도 가장 위험한 곳에는 자국의 헌터들의 안전을 위해 다른 나라의 헌터들을 놓은 것이다.

하지만 계획은 인간이 세우고 결과는 하늘만이 알고 있다는 말처럼 미국의 의도는 절반만 들어맞았다.

미국은 한국에서 파견되는 헌터들에 대한 계약 문제로 초기에 트러블이 생겼다.

그 때문에 이들을 가장 위험한 곳에 배치를 하였다.

물론, 재식이라는 S급 헌터가 있기에 그런 것도 있었지만 말이다.

어쨌든 한국에서 온 헌터들은 다른 나라에서 온 헌터에 비해서 상당히 적은 숫자였기에 솔직히 미국의 헌터 협회나 정부는 한국에서 온 헌터들이 그렇게 대활약을 할 줄은 상상하지도 못했다.

한국에서 네 번째로 S등급 헌터가 나왔고, 또 파견되는 헌터 중 그가 포함되었다는 것이 그나마 위안일 뿐.

그저 어느 정도 몬스터 웨이브를 막는 데 도움을 주고는 장렬히 전사할 것이라 생각했다.

아무리 동맹 관계에 있다고 하지만, 언제나 자신들의 밑이라 생각한 한국이라는 소국에 자국에도 몇 없는 S등급 헌터가 또 나온 것이 문제의 발단이었다.

미국의 정부 인사들은 위기감을 느껴 자국을 돕기 위해 온 동맹국의 헌터들을 위기로 몰아넣었다.

하지만 결과는 그들이 생각하는 것과는 정반대로 나타났다.

불과 500여 명, 아니, 정확하게 말하자면 S급 헌터와 그가 거느린 100여 명의 전력이 상상 이상으로 엄청난 것이다.

한 명, 한 명이 5등급 몬스터와 비슷한 전투력을 가지고 있으며, 또 그들은 다른 헌터들이 가지지 못한 몬스터에 치명적인 대미지를 줄 수 있는 아티팩트로 무장을 했다.

또 그것을 활용할 수 있는 전술을 숙지하고 있었다.

거기에 더해 이들을 이끄는 길드장 재식은 이들보다 더한 괴물이었다.

몬스터 웨이브 중 느닷없이 나타난 재앙급 보스 몬스터를 상대로 엄청난 무력을 보여 주었다.

만약 재식이 보스 몬스터를 막아 내지 못했다면, 몬스터 웨이브를 막기 위해 휴스턴에 집결한 헌터들은 아마 전멸을 면치 못했을 것이다.

아니, 그뿐만 아니라 재앙급 보스 몬스터가 이끄는 몬스터 웨이브로 인해 끝내 초강대국 미국은 멸망했을지도 몰랐다.

그렇지만 그것은 그저 막연한 예상으로 그쳤다.

언체인 길드의 길드장이며 한국에서 네 번째로 탄생한 S급 헌터이자, 두 번이나 재앙급 몬스터를 사냥한 경험이 있던 그가 새롭게 나타난 재앙급 보스 몬스터의 앞길을 막은 것이다.

비록 사냥하는 것에는 실패를 했지만, 진격을 막은 것만으로 엄청난 성과였다.

즉, 결과적으로 이번 몬스터 웨이브를 막아 내고 몬스터들을 자신들이 온 곳으로 돌려보내는 데 결정적인 역할을 한 것이라 볼 수 있었다.

그렇기에 몬스터 웨이브가 종식되었다는 정부의 선언이 발표되자마자, 환호성을 터뜨리고 축제를 벌였다.

이번 몬스터 웨이브로 희생된 동료에 대한 추모는 그 다음의 문제.

자신이 몬스터 웨이브로부터 살아남은 것에 대한 감사와 그로 인해 막대한 포상금과 배당을 받는 것에 대한 기쁨을 표하는 것이 먼저였다.

그렇기에 자신이 살 수 있게 도움을 준 한국의 헌터들에게 감사의 마음을 표현하는 것이었다.

그 때문에 거리에서는 전투에 지쳐 있던 헌터들도 힘을 내고서 한 손에는 술잔을, 그리고 한 손에는 어디선가 구한 치킨을 들고는 한국어로 건배를 외치고 있었다.

이것은 한국의 술 문화를 아는 타국의 헌터들이 먼저 나서 제안한 것이었다.

"건배!"

"껀배!"

한국인 헌터가 술잔을 들고 건배를 외치면, 이에 호응하듯 외국인 헌터들도 비슷하게 이를 따라했다.

그 속에는 언체인 길드의 길드장이자, 이번 몬스터 웨이브를 막는 데 누구보다 활약을 한 재식도 껴 있었다.

"헤이, 친구! 당신 정말 멋졌어!"

커다란 덩치에 노란 곱슬머리를 한 백인이 자신의 덩치만큼이나 커다란 맥주잔을 들고서 재식의 곁으로 다가와 잔을 내밀며 소리쳤다.

쨍!

재식은 그런 백인의 잔에 자신의 잔을 부딪치며 잔을 들었다.

"땡큐!"

사실 그러한 모습은 비단 백인 혼자만이 아니었다.

몬스터 웨이브 종식을 기념한 축제를 즐기는 이들 중 한국 헌터들 주변을 지나는 많은 사람들이 그와 비슷한 말을 하며 잔을 들이밀었다.

이에 한국에서 온 헌터들은 이러한 외국인들의 반응에 빙그레 웃으며 호응을 해 주었다.

처음 도착할 때는 조금은 깔보던 모습이었지만, 몬스터 웨이브가 진행되는 동안 두드러진 활약을 보인 탓에 이렇게 시선이 바뀐 것이다.

그리고 몬스터 웨이브가 모두 끝나자, 이제는 몬스터 웨이브를 종료시킨 영웅으로 대우하고 있음을 느끼게 되고서 표정들이 밝아졌다.

그렇게 생사를 함께한 동지로 인정을 받게 된 것에 고무된 한국의 헌터들은 비록 한국은 아니지만, 이곳 미국에서 국위 선양을 했다는 마음에 더욱 흥이 나 축제를 즐겼다.

*　　　　*　　　　*

몬스터 웨이브의 종료를 기념하며, 축제를 한껏 즐기는 모습을 멀찍이서 지켜보는 시선들이 있었다.

그들의 정체는 미국의 관료와 헌터 협회 간부였다.

국가적 위기인 몬스터 웨이브가 종료가 되었지만, 이들에게는 아직 과제가 남아 있었다.

바로 언제 또다시 발생할지 모르는 이번과 같은 재앙급

몬스터 웨이브에 대한 대비책을 마련하는 것.

실제로 미국 정부에서는 이번 몬스터 웨이브가 종료되었다고 선언을 하기는 했지만, 자신들이 몬스터들을 모두 처리한 것이 아니기 때문에 마치 볼일을 보고 뒤처리를 하지 못한 것처럼 무척이나 찝찝한 상태였다.

더욱이 몬스터 웨이브 후반에 나온 재앙급 보스 몬스터의 출현과 그것을 레이드하는 것에 성공하지 못한 것은 미국 정부나 헌터 협회의 입장에서 너무나도 곤혹스러운 일이었다.

언제 또다시 차원 게이트에서 나와 미국 남부를 폐허로 만들지 모르는 일이기 때문이었다.

그러니 적은 숫자로 이번 몬스터 웨이브에서 혁혁한 전과를 올린 언체인 길드의 활약을 보면서 그들이 사용한 아티팩트를 꼭 구입하고 싶어했다.

그러기 위해서 미국 정부는 협상팀을 구성해 텍사스 휴스턴으로 급파하였다.

"미스터 정, 반갑습니다. 저는 대통령 안보 보좌관인 이완 맥그리거라고 합니다."

율리시스 그렌트 대통령의 안보 보좌관이자 NSC 위원이기도 한 이완 맥그리거는 율리시스 그렌트 대통령의 명령을 받고 이곳 휴스턴까지 날아왔다.

"예, 반갑습니다. 정재식이라고 합니다."

두 사람은 서로 악수를 하며 자신들을 소개하였다.

"이분은 저희 아메리카 합중국의 부통령이신 제레미 라이언즈 씨입니다."

자신을 소개한 맥그리거 보좌관은 자신의 옆에 서 있는 부통령 제레미 라이언즈를 소개하였다.

"처음 뵙겠습니다. 그런데 무슨 일로 절 부른 것입니까?"

재식은 몬스터 웨이브가 종료되고 자신과 언체인 길드원, 그리고 한국에서 함께 온 헌터들이 잡은 몬스터 처분이 마무리되기를 기다리는 중이었다.

"지금부터는 제가 이야기를 진행하죠."

가만히 옆에서 서 있던 라이언즈 부통령이 앞으로 나서서 이야기를 하였다.

그 말에 재식은 이완 맥그리거에게 가 있던 시선을 돌려 그를 보았다.

재식의 시선을 받은 라이언즈 부통령은 담담한 목소리로 이야기를 시작하였다.

"정 길드장과 한국에서 온 헌터들의 활약은 잘 보았습니다. 한국은 헌터 강국이라는 말이 여실하더군요."

라이언즈 부통령은 자신의 목적을 이야기하기 전, 먼저 재식과 한국에서 온 헌터들의 활약에 대해 칭찬하였다.

"별말씀을……."

"아닙니다. 정말이지 지켜보는 내내 감탄을 금치 못했습니다."

이후, 어느 정도 감탄과 칭찬 등, 외교적 수식어들을 주고받고서 분위기가 무르익었다 싶을 때 용건을 꺼냈다.

"혹시 몬스터 웨이브 당시 몬스터들에게 사용한 창이 아티팩트가 맞습니까?"

갑자기 확 치고 들어오는 라이언즈 부통령의 물음에 재식은 잠시 그의 눈을 지그시 쳐다보았다.

그러고는 담담하게 대답을 하였다.

"네. 리오그란데 강의 차원 게이트에서 튀어나온 몬스터들을 보고서 파견을 오기 전 미리 준비를 하였습니다."

재식은 자신들이 사용한 창이 이들의 짐작한 것처럼 아티팩트가 맞다는 것을 숨김없이 알려 주었다.

"아!"

재식이 너무나 쉽게 대답을 하자, 이를 듣고 있던 이완 맥그리거는 자신도 모르게 탄성을 질렀다.

설마 이렇게 간단하게 알려 줄 것이라고는 상상도 하지 못했기 때문이다.

아티팩트의 소유는 최대한 비밀로 하는 것이 맞았다.

다른 헌터들은 물론이고, 다른 나라의 정부에서도 관심을 넘어 욕심을 부릴 수 있을 만한 물건이기 때문이었다.

더욱이 단순한 아티팩트도 아니고 무려 5등급 이상의 몬스터들에게 치명적인 대미지를 줄 수 있는 무기였기에 더욱 그러하다.

심지어 이러한 아티팩트가 한두 개도 아니고, 무려 100여 개나 나왔다.

또한 재앙급이라 불리는 몬스터 웨이브에서 그 위력을 발휘하며 엄청난 숫자의 몬스터들을 도륙했다.

더욱이 이 아티팩트 창에 절명한 몬스터들의 상태가 너무나도 좋은 탓에 다른 헌터들이 사냥한 몬스터들에 비해 값이 상당히 나갔다.

즉, 언체인 길드의 헌터들이 잡은 몬스터가 동급의 다른 헌터들이 잡은 몬스터에 비해 몇 배나 비싼 가격에 팔렸다는 소리다.

몬스터는 단순 인류를 위협하는 존재가 아니라, 어느 면에서는 현대 산업을 지탱하는 자원이기도 했다.

상태가 좋을수록 더욱 좋은 제품을 만들어 낸다.

그러니 될 수 있으면 좋은 상태의 몬스터가 값도 더욱 나가고, 더욱 많은 제품을 만들어 경제를 발전시키는 것이다.

그러니 언체인 길드에서 보유한 창은 단순히 강한 위력으로서가 아니라, 수익성까지 포함해 기존의 무기형 아티팩트보다 가치가 높다고 할 수 있었다.

그런 가치를 알아본 미국 정부이기에 재식을 찾아 그들이 사용한 창에 대해서 구매 의사를 타진하는 것이었다.

"그러니까 부통령님의 말씀은 저희가 이번에 사용한 창들을 구입하고 싶다는 말씀이십니까?"

재식은 미국 정부의 뜻을 깨닫고는 그렇게 물었다.

"맞습니다. 저희 정부는 가능하면 언체인 길드에서 사용한 그것을 최대한 많이 구하고 싶습니다."

제레미 라이언즈는 그렇게 자신이 재식을 찾아온 목적을 이야기하였다.

"흠……."

재식은 미국 정부의 생각을 듣고는 잠시 생각에 잠겼다.

어느 것이 자신과 언체인 길드에게 유리한지 판단하기 위함이었다.

'어떻게 하는 것이 좋을까?'

솔직히 미국으로 가져온 창을 판매하는 것은 그다지 어려운 일이 아니었다.

어렵게 재료를 구해 100여 자루의 창을 만들기는 했지만, 그에게는 어려운 일도 아니고, 또 미국에 판매를 한다고 해도 꼭 손해랄 것도 없었다.

어떤 면에서는 자신을 견제하려는 세력에 대한 대비책으로 사용할 수도 있었기 때문이다.

하지만 결론을 내린 것은 의외로 간단했다.

"좋습니다. 판매를 하기로 하죠."

"감사합니다."

제레미 라이언즈는 재식이 창을 판매하겠다고 하자, 곧바로 감사의 인사를 하였다.

혹시나 마음이 바뀌어 판매를 철회할까 걱정이 되었기 때문이다.

하지만 뒤이어 들려온 재식의 말에 실망한 표정을 도저히 감출 수가 없었다.

"그러나 미국에 전부를 판매할 수는 없습니다."

"아니, 어째서요?"

100여 개의 창을 전부 팔지 않겠다는 재식의 말에 라이언즈 부통령은 의아한 표정으로 물었다.

아티팩트의 가격이 상당하다 보니 그것들을 대량으로 구입할 수 있는 곳은 그다지 많지 않았다.

물론 아티팩트의 위력이 워낙 좋다 보니, 가지고 있으면 앞으로도 많은 몬스터를 사냥하여 돈을 벌 수 있다고 생각할 수도 있었다.

하지만 이번 사태와 같이 대량의 5등급 이상의 몬스터가 출몰하는 것은 극히 드문 일이었다.

즉, 닭 잡는데 소 잡는 칼을 들고 있는 것과 비슷한 상황이 연출될 수도 있다는 것이다.

"그건 제가 한국인이기 때문입니다."

"아!"

제레미 라이언즈는 재식이 무슨 말을 하는 것인지 그제야 깨달았다.

미국 정부에 이런 엄청난 아티팩트를 판매하면서 그의 조국인 한국에 판매하지 않는다는 것은, 자칫 엉뚱한 상상을 불어 일으킬 수도 있었다.

그러한 이유로 재식이 꺼려한다는 것을 알았다.

"역시 애국자시군요."

"아닙니다. 그저 처세술에 지나지 않죠."

재식은 별거 아니란 듯 대답을 하고는 계속해서 협상에 들어갔다.

솔직히 미국으로 오면서 창을 급히 제작하느라 부족한 면이 많았다.

다만, 언체인 길드의 헌터들이 보유한 능력과 맞물린 덕분에 그 정도의 성과를 올린 것일 뿐이었다.

만약 일반적인 헌터였다면, 그 정도의 위력을 발휘하지 못했을지도 모를 일이다.

하지만 재식은 이러한 것을 라이언즈 부통령에게 이야기를 하지 않고 협상을 하기 시작했다.

2. 협회에서

대한민국 헌터 협회 협회장실.

그곳에서 김중배 협회장과 몇몇 헌터 협회 간부들이 모여 회의를 하고 있었다.

"협회장님, 절대로 그것이 미국에 넘어가서는 안 됩니다."

헌터 협회의 고문을 맡고 있는 박원희는 굳은 표정으로 무언가를 저지하려는 듯 강력히 주장하였다.

"그건 아닙니다. 엄연히 개인이 만든 것을 저희 협회에서 간섭할 수는 없는 일입니다."

박원희 고문의 말이 끝나기 무섭게 다른 사람이 나서서

반박했다.

"음, 그건 백 부장의 말이 맞는 것 같습니다."

김중배 협회장은 언제나 자신의 정책에 반대만 하는 박원희의 주장보다는 감찰부의 장인 백민수의 말에 힘을 실어 주었다.

감찰부 부장인 백민수는 예전 차장 시절에 재식과도 짧은 안면이 있는 간부였다.

당시 재식이 고블린 던전에서 구출되었을 때, 고블린 던전에서 벌어진 사건을 조사하는 과정에서 담장자인 최도형 감찰관의 직권남용을 막은 적이 있었다.

물론 첫인상은 최도형으로 인해 그닥 좋지는 못했지만, 그 뒤로 재식이 헌터로서 많은 활약을 하고, 또 불법적인 일을 하지 않았기에 백민수로서는 재식에 대해 별다른 유감이 없는 상태였다.

그래서 지금 회의 중에 헌터에 대한 권리 침해가 있을 수 있는 부분에 대해 반박을 하며 나선 것이었다.

"아니, 그게 무슨 소리야. 아티팩트가 우리가 아닌 미국으로 죄다 넘어가게 생겼는데, 그것을 두 눈 뜨고 지켜만 보겠다는 말인가?!"

자신의 주장을 반박하는 백민수를 보며 박원희는 목에 핏대를 세워 가며 소리쳤다.

"물론 그냥 두고 볼 수만은 없지만, 그렇다고 저희 협회가 헌터나 헌터 길드의 행사에 개입하여 강제로 막을 수는 없는 일입니다."

백민수는 감찰부 부장으로서 헌터들의 불법적인 행사를 막는 일을 하지만, 또 한편으로는 헌터 협회 소속원이 불법을 저지르는 것도 감찰하는 입장에 있는 사람이다.

그러니 아무리 자신이 헌터 협회 소속이라 하지만, 방금 박원희의 주장처럼 헌터 길드의 권리를 침해할 수 있는 것을 그냥 두고 볼 수만은 없었다.

그런 백민수의 말에 동조를 하고 있는 간부도 있고, 또 박원희 고문의 말에 조금 더 동조를 하는 간부도 있었다.

그 탓에 회의가 진행이 되고 있는 회장실은 다른 때와 다르게 무척이나 시끄럽고 혼잡스러웠다.

하지만 회의 진행은 대체적으로 백민수의 주장처럼 헌터 길드의 권리를 침해해서는 안 된다는 쪽으로 흘렀다.

그도 그럴 것이, 헌터 길드나 헌터가 가지고 있는 물건에 대해 헌터 협회가 이래라 저래라 할 수 있는 권리가 없기 때문이었다.

만약 그런 일이 가능하다면 대한민국은 민주주의 국가가 아니라 공산주의 국가였을 것이다.

그렇기에 언체인 길드가 선보인 아티팩트를 미국에 넘긴다는 것이 안타까웠지만, 어찌 되었든 그것은 언체인 길드의 판단에 맡겨야 하는 부분이었다.

더욱이 이들은 아직 모르고 있지만, 헌터 협회에서 판매 대행을 하고 있는 아이템을 공급해 주고 있는 곳이 바로 언체인 길드다.

더 정확하게 말하자면 길드장을 맡고 있는 재식이었다.

그런데 그런 재식의 뜻과 반대로 헌터 협회에서 언체인 길드의 행보를 막는다면, 그가 굳이 헌터 협회에 이득이 되는 아이템 판매 대행을 맡길 필요가 없어질 터였다.

만약 그렇게 된다면 아마도 헌터 협회는 지금의 지위에서 내려와야 할지도 몰랐다.

헌터 협회는 재식과 손을 잡고 국토 수복 계획에 참여하면서, 예전과 다르게 정부와 거대 길드의 간섭에서 독립을 하게 되었다.

뿐만 아니라 아이템이라는 획기적인 헌터 무기와 방어구를 판매함으로서 새로운 권력을 쥐게 되었다.

그 때문에 정부의 간섭은 물론이고, 재계의 부탁과 거대 길드들의 눈치도 볼 필요가 없어졌다.

그런데 만약 이 일로 재식이 불만을 품고 아이템 판매 대행을 거둬들인다면 앞날은 불 보듯 빤했다.

비록 국토 수복 계획의 완료로 많은 재정적 여유가 생겼다고는 하지만, 그게 언제까지 지속이 될지, 또 어떻게 될지는 아무도 알 수 없었다.

곡간에 아무리 양식을 쌓아 두어도 계속해서 수확하여 재놓지 못한다면, 언젠가는 비어 버릴 것이 분명했다.

이러한 문제로 김중배 협회장은 이참에 그러한 사실을 간부들이나 박원희 고문에게도 알려야 할 필요성을 느꼈다.

물론 그로 인해 이러한 비밀이 정부와 헌터 길드에 들어가게 될 것이지만, 재식이나 언체인 길드가 이미 정부와 거대 길드에서 손댈 수 없을 만큼 커졌으니 상관없을 것이라는 생각이 들었기 때문이다.

'지금이라면 비밀을 알려도 상관없겠지.'

비밀이 알려져도 재식이나 언체인 길드는 예전의 소형 길드가 아니다.

미국에서 그 활약상이 전 세계적으로 알려지면서 대한민국 정부나 거대 길드라 해도 함부로 언체인 길드나 재식을 건들 수가 없는 상태였다.

헌터로서도 그러한데, 비밀이 알려져 아이템과 아티팩트를 제작할 수 있다는 것이 알려지면 더욱이 그러할 게 분명했다.

재식은 황금 알을 낳는 거위가 아니라 그 거위를 가지고 있는 거인이었다.

동화에서는 황금 알을 낳는 거위를 훔친 주인공을 거인이 쫓았고, 콩나무 줄기를 잘라 거인을 땅에 떨어져 죽게 하였다.

하지만 재식은 그러한 약점이 없었다.

아니, 굳이 꼽으라면 그의 가족이 있겠지만, 아티팩트를 제작할 수 있는 능력을 가진 재식이 일반인인 부모님을 그냥 방치해 두었을 것이라고는 생각되지 않았다.

분명 무언가 조치를 취해 놓았을 것이 분명했다.

그리고 실제로도 그러한 조치에 자신도 어느 정도 관여를 했으니, 김중배 협회장은 재식의 부모님에 대한 안전만큼은 그 누구보다 잘 알고 있었다.

더욱이 정신이 제대로 박힌 인사라면, 굳이 그런 능력을 가지고 있는 재식과 척을 지려고 하지는 않을 것이다.

"잠시 토론을 중단하고 내 말을 들어보시죠."

김중배 협회장은 한참 편이 갈려 말싸움을 하고 있는 간부들을 보며 소리쳤다.

그러자 편을 갈라 싸우고 있던 간부들이 이내 조용해져 그를 쳐다보았다.

"지금 내가 하는 이야기는 밖으로 새어 나가면 안 되는 아주 중요한 비밀이오."

분명 자신이 이렇게 비밀이라고 말을 했음에도 이야기는 밖으로 나갈 것이다.

하지만 헛손질을 하고 있는 간부들을 두고만 볼 수는 없었다.

"3년 전 양평에 발생한 재앙급 몬스터를 기억합니까?"

"네?"

사람들은 느닷없이 3년 전 이야기를 하는 김중배 협회장의 말에 고개를 갸웃거리며 경청하였다.

　"당시 레이드를 무사히 마친 협회는 레이드에 참여한 고위 헌터들에게 아티팩트를 지급했습니다."

　"아!"

　간부들은 지금 김중배 협회장이 무슨 말을 하나 듣고 있다가 아티팩트 지급에 대한 말이 나오자 그제야 깨달았다.

　'설마…….'

　이야기를 듣던 간부들은 지금 김중배 협회장이 무슨 말을 하는지 깨달았지만, 박원희 고문은 아직까지 무슨 소린지 눈치채지 못해 고개를 갸우뚱거리고 있었다.

　하지만 김중배 협회장은 그런 그를 무시한 채 계속해서 이야기를 이어 내갔다.

　"협회에 무슨 돈이 있어 몇 백 개나 되는 아티팩트를 구하겠습니까?"

　"음……."

　"그건 당시 재앙급 몬스터에게서 나온 마정석과 부속물들을 팔아 충당한 것 아닙니까?"

　아무것도 모르는 박원희 고문은 표면적으로 외부에 알려진 것을 그대로 이야기하였다.

　"그거야 저희 협회에서 비밀을 숨기기 위해 발표한 것이고, 사실은 다릅니다."

"아니, 어떻게 그런 것을 감출 수 있단 말입니까?"

박원희는 인상을 구기며 화를 냈다.

"그건 우리가 정하는 것이 아니라, 아티팩트를 만들 수 있는 그 사람의 부탁으로 그리한 것입니다! 아직도 모르겠습니까?!"

김중배 협회장은 아직까지 사실의 중요성을 깨닫지 못하고 있는 박원희를 보며 소리쳤다.

헌터 협회 고문의 자리에 앉아 있기는 하지만, 헌터나 헌터 협회가 하는 일의 중요성에는 관심이 없는 작자였다.

그렇기에 애초 정부에서 헌터 협회를 감시하기 위해 앉혀 놓은 감시자인 그를 보는 시선은 그리 곱지 못했다.

헌터 협회가 정부의 영향력으로부터 독립하기는 했지만, 어찌되었든 정부의 한 부서라는 것은 엄연한 사실이었다.

그 때문에 하는 일도 없이 월급만 받아가는 고문 자리를 남겨 두었지만, 이참에 강하게 나가기로 결심한 김중배 협회장이 굳은 표정으로 이야기하였다.

"만약 누군가 아티팩트를 제작할 수 있다는 사실이 알려지면, 어떤 일이 벌어질지 생각은 해 보고 그리 말하는 겁니까? 그런 비밀이 당시 외부에 알려졌다면, 누군가, 혹은 거대한 단체가 그 사람을 붙잡고 아티팩트를 만들라 강요하겠죠."

김중배 협회장은 아직도 화가 난 표정으로 자신을 노려보고 있는 박원희를 빤히 바라보며 말했다.

한데 그는 대답도 듣지 않고 자신이 하고자 하는 이야기를 계속하였다.

"비록 당시 그가 네 번째 S등급 헌터가 되었다고는 하지만, 세력이 없는 상태였습니다. 본인은 물론이고, 그의 주변 사람들의 안전마저 장담할 수 없는 상태였기에 모든 것을 비밀로 하고 협회가 필요한 아티팩트를 제작해 준 것입니다."

"아!"

협회장의 이야기를 듣고 있던 간부들은 그 말이 끝나기 무섭게 자신도 모르게 감탄성을 내질렀다.

설마 당시 헌터들에게 뿌린 수백 개의 아티팩트를 한 사람이 만든 것이라고는 생각지도 못한 것이었다.

심지어 레이드에 참가한 헌터들은 물론이고, 헌터 협회 소속 헌터들도 상당히 많은 아티팩트로 무장을 하였다.

횟수 제한은 있지만 파괴되지 않는 이상 거의 영구적으로 사용할 수 있는 실드 마법이 들어 있는 팔찌.

각성 헌터들의 전투 지속 시간이나 화력을 업그레이드 시켜 주는 완드.

체력이나 민첩성을 올려 주는 아티팩트까지.

당시 협회장이 어디서 그렇게 많은 아티팩트를 구해 온 것인지 의문이었는데, 이제야 그 진실을 알게 되었다.

"그렇다면 아이템도…….”

무슨 생각이 들었는지 백민수 부장이 김중배 협회장을 보며 물었다.

"맞습니다. 제가 괜히 정재식 길드장과 손을 잡은 것이 아닙니다.”

"아!”

재식의 이름이 직설적으로 언급되자, 질문을 한 백민수는 물론이고, 자리에 있는 간부들 또한 탄성을 지르며 고개를 끄덕였다.

아티팩트를 제작할 수 있으면, 그보다 다운그레이드인 아이템을 정도야 당연히 제작할 수 있을 터였다.

"아무리 그렇다고 해도…….”

하지만 어딜 가나 반골 기질을 가진 인물이 있기 마련.

여기서는 박원희 고문이었다.

정부에서 헌터 협회를 감시하기 위해 보낸 사람이다 보니, 헌터나 혹은 몬스터로부터 국민의 안전을 지키는 일보다는 자신의 입신양명에 더욱 관심이 가 있었다.

그러다 보니 재식과 김중배 협회장이 아무도 모르게 비밀리에 손을 잡은 것에 반감을 가지고 그것에만 집중한 것이다.

"왜 우리 헌터 협회가 몬스터로부터 국민의 안전을 지키는 일에 정부의 눈치를 보고 재계의 눈치를 봐야 하는 거요.”

이미 정부와 선을 긋기로 결심한 김중배 협회장은 딴지를 거는 박원희에게 삐딱하게 말하였다.

"헌터 협회가 국민들과 헌터들의 안전을 위해 최선을 다하는 것은 당연한 일인데, 그걸 고문은 틀렸다고 말하고 싶은 겁니까?"

"아무리 그래도 그런 엄청난 비밀을 혼자 간직하고 있다는 것은……."

쾅!

김중배 협회장은 책상을 강하게 내려치며 소리쳤다.

"그럼 그게 고문이 준 능력입니까? 그도 아니면 정부가 정재식 길드장에게 준 것입니까?!"

"아니……."

"능력을 가진 본인이 안전을 위해 비밀로 해 달라고 하는데, 그것을 무슨 수로 막습니까?"

김중배 협회장은 자신의 말에 반박을 하려고 하는 박원희에게 눈을 부라리며 이야기를 하였다.

"만약 이러한 비밀이 외부에 알려졌다면, 이후 벌어질 일은 빤합니다."

김중배 협회장의 말에 안에 있던 간부들도 무슨 생각이 들었는지 모두 고개를 주억거렸다.

이는 보지 않아도 충분히 알 수 있는 일이었다.

그러한 비밀이 외부에 알려졌다면, 분명 기득권층은 어떻게 해서라도 비밀을 알아내기 위해 불법적인 일도 마다하지 않고 벌였을 것이다.

어쩌면 외국 정부나 거대 기업들까지 나설지도 몰랐다.

그 과정에서 재식이나 재식의 가족 등, 주변 사람들은 초토화될 것이 분명했다.

실제로 과거 굉장한 기술을 개발한 개인이나 중소기업이 어떻게 기술을 빼앗기고, 망가지는지 잘 알려져 있었다.

그렇지만 기술을 빼앗은 기득권자들은 어느 누구도 처벌받지 않았다.

그들은 빼앗은 기술로 호의호식하면서 잘 살았지만, 기술을 빼앗긴 피해자들은 비참한 최후를 맞은 경우가 대부분이었고, 그도 아니면 조용히 사라졌다.

그러니 재식이 아티팩트를 제작할 수 있는 것을 비밀로 한 채 헌터 협회와 손을 잡은 것은 정말이지 탁월한 선택이었다.

당시 헌터 협회가 다른 대형 길드나 기득권자들처럼 기술만 빼앗으려 했다면, 재식도 지금처럼 잘나가는 헌터가 되지는 못했을 것이다.

아니, 어쩌면 대한민국은 최고의 자리에 오를 수 있는 기회를 자신의 발로 걷어찼을지도 모르는 일이다.

어쨌든 현재로서는 그 당시 김중배 협회장의 판단은 신의 한 수가 되었고, 덕분에 대한민국의 위상을 세계에 드높였다.

재식과 언체인 길드가 미국에서 발생한 몬스터 웨이브를 막기 위해 파견을 나가기 전에도 대한민국은 세계 최초로 몬스터에게서 국토를 되찾은 나라로 인식이 된 상태였다.

또 인류의 안전을 위해 새로운 무기와 방어구, 즉 아이템을 개발하여 헌터 강국으로 명성을 높이는 중이다.

그러던 중 언체인 길드가 미국 남부의 몬스터 웨이브를 막아 내는 데 결정적 역할을 하는 것은 물론이고, 당시 출몰한 재앙급 보스 몬스터를 재식이 일대일로 막아 낸 것을 보고는 감탄을 자아낼 수밖에 없었다.

물론 그 재앙급 몬스터를 죽이는 건 실패했다.

하나 다른 헌터들의 지원을 받지 않은 상태에서 재앙급 보스 몬스터를 막아 낸 것은 지금껏 단 한 번도 있지 않은 일이었기에 사람들은 경악을 하였다.

지금까지 어떤 이름난 헌터도 재앙급 몬스터를 일대일로 막아 내지 못했다.

아니, 그 밑에 급인 재해급 몬스터도 일대일로 상대해 본 적이 없었다.

그 때문에 현재 전 세계에 있는 정부와 당시 전투를 지켜본 사람들은 한국의 헌터인 재식을 세계에서 가장 강한 헌터라 명명했다.

한때 전 세계적으로 유행하던 코믹스의 히어로 주인공과

도 같은 모습을 보여 준 재식의 능력에 감탄을 하였다.

그러면서 많은 나라 정부들은 몬스터 웨이브가 종료되자마자 재식을 찾아 귀화 의사를 타진했다.

물론 재식은 그런 나라들의 제안을 거절하였지만 말이다.

이런 상태인데도 한국 정부나 박원희 고문은 제 이득에만 휩싸여 재식의 권리를 침해하는 방법을 구상하고 있던 것이다.

"만약 그런 일이 벌어졌다면, 최악은 여러분의 상상에 맡기겠습니다. 정재식 헌터의 능력은 이미 TV를 통해 보셔서 아시겠지만, 재앙급 보스 몬스터와 일대일이 가능한 전무후무한 헌터입니다."

"헉!"

김중배 협회장의 말이 끝나기 무섭게 사람들은 조금 전과는 다른 의미로 경악하였다.

지금까지는 재식이 아티팩트를 제작했다는 것과 그것들의 위력을 생각하기만 했다.

그렇게 단순하게 생각하던 것이 김중배 협회장으로 인해 바뀐 것이었다.

재앙급 보스 몬스터와 비등한 능력을 가진 재식이 정부에 불만을 품고 반발한다면 어떻게 될 것인가.

결론은 하나였다.

폐허로 가득한 대지.

그 장면만이 그들의 머릿속에 떠올랐다.

박원희 고문은 모르겠지만, 헌터 협회 간부들은 보스 몬스터의 무서움을 누구보다 잘 알고 있다.

괜히 몬스터를 재난급, 재해급 그리고 재앙급으로 등급을 분류하는 것이 아니다.

그 몬스터가 출몰했을 때 입을 수 있는 피해를 산정해 놓은 등급인 것이다.

그런데 그냥 단순히 본능대로 파괴하는 몬스터가 아니라 인간의 지능까지 가진 존재라면 어떻겠는가? 실제로 그런 인간 이상의 지능을 가진 존재들은 모두 재앙급으로 등급이 매겨져 있다.

그러니 재식도 몬스터 등급으로 따지면 재앙급이라 말을 할 수 있었다.

물론 덩치는 그런 재앙급 몬스터에 비교할 수 없을 정도로 작았지만, 덩치가 작다고 그게 반드시 자신들에게 유리하다고만은 할 수 없었다.

그 정도로 작은 크기를 가진다면 그만큼 시가전에서 유리하다는 뜻이니 말이다.

이 때문에 언체인 길드가 아티팩트를 미국에 판매하는 것에 대한 대책을 세우기 위해 토론을 벌이던 회의는 엉뚱한 방향으로 흐르기 시작했다.

＊　　　　＊　　　　＊

재식과 언체인 길드는 다른 지원군에 비해 한 달 정도 더 미국에 머물러 있다가 한국으로 돌아갔다.

한데 언체인 길드는 처음 떠날 때와 다르게 많은 것이 달라져 있었다.

그도 그럴 것이, 이들이 상대를 한 몬스터들의 등급이 높다 보니 이들의 헌터 레벨과 등급이 한 등급 이상 올랐기 때문이다.

한국에서도 정부의 국토 수복 계획에 참가하면서 상당한 성장을 했지만, 언체인 길드 소속 헌터는 텍사스의 몬스터 웨이브를 맞아 전투를 벌이면서 그보다 더 엄청난 성장을 겪게 되었다.

5등급 중후반에서 6등급 초반에 이르는 등급과 레벨을 가지고 있던 이들이 전원 6등급 중후반으로 성장했다.

재식의 친구이며 전 레블루션 클랜의 부클랜장이던 수형이 헌터 레벨 70을 찍으며 비공식적으로 S등급 헌터에 올랐다.

그는 그간 듀얼 능력자인 걸 숨기고 있어 S등급이 가능한 헌터라는 게 알려지지 않았지만, 조만간 헌터 협회에서 등급 심사를 보면 모든 관심이 쏠릴 것이 분명했다.

그것 말고도 언체인 길드에 기쁜 소식이 하나 더 있었는데, 세 명이나 더 S등급을 바라보는 위치에 오른 헌터가 생겼다는 것이다.

물론 S등급의 조건은 7등급의 레벨과 듀얼 능력이긴 했지만, 어쨌든 그중 레벨은 충족하게 된 것이었다.

수형과 함께 레블루션 클랜을 이끌던 육체 능력 각성자인 태형과 두 사람의 후배인 정태, 그리고 이들과 다르게 각성 헌터가 아님에도 피나는 노력으로 이들과 비슷한 경지에 오르게 된 재환이 그 장본인이었다.

특히 재환의 성장은 언체인 길드원 모두의 축하를 받았다.

그도 그럴 것이, 성장에 한계가 있다고 알려진 시술 헌터임에도 불구하고, 각성 헌터도 오르기 힘든 69레벨이 되었기 때문이다.

그로 인해 언체인 길드 소속 시술 헌터들은 S등급 헌터의 턱밑까지 오른 재환을 보며 다시 한번 꿈을 꾸기 시작했다.

이들의 꿈이란 바로 시술 헌터인 자신들도 하늘의 축복을 받았다는 각성 헌터와 같은 위치에 오를 수 있다는 것.

한데 부길드장인 재환이 그 위치에 오른 것은 물론이고, 몬스터 웨이브를 막는 당시 무언가 느낀 것인지 요즘 부쩍 생각하는 시간이 늘어났다.

그리고 그러한 소문은 함께 미국에서 돌아온 길드원들 사이에서 빠르게 전파되었다.

시술 헌터이면서 각성 헌터도 오르기 힘든 S등급 헌터가 된 두 명의 이름이 언체인 길드 소속 헌터들의 머릿속에 잠시 떠오른 것이다.

재앙급 보스 몬스터를 사냥했고, 대형 길드들의 견제에도 최고의 헌터 길드를 만든 두 명의 헌터.

한 명은 자신들의 길드장이며, 또 다른 한 명은 자국보단 일본에서 왕성한 활동을 하고 있는 성신 길드의 길드장인 백강현이었다.

하지만 언체인 길드의 헌터들은 백강현과 자신들의 길드장인 재식을 동일 선상에 두고 생각지는 않았다.

언체인 길드 설립 초창기에야 비슷한 전적을 가지고 있기에 비슷하거나 혹은 언체인 길드보다 대형 길드인 성신 길드의 길드장인 백강현을 재식보다 좀 더 높은 위치에 두었다.

그러나 재식과 함께 생활을 하면서 이들의 생각은 완전히 바뀌었다.

백강현이 일본에서 사냥을 한 야마타노 오로치에 비해 덩치는 훨씬 작았지만, 어스 드레이크도 엄연히 재앙급 보스 몬스터였다.

한데 그러한 재앙급 몬스터를 재식은 적은 수의 헌터의 지원으로 잡았다.

물론 그 당시 재앙급 몬스터인 어스 드레이크의 상태가 정상은 아니라지만, 그래도 충분히 위협적인 존재가 맞았다.

　게다가 재식이 상대한 재앙급 몬스터는 또 있었다.

　외부에 야마타노 오로치 이상으로 위험한 몬스터라 알려진 광기의 정령을 물리치고, 그 광기의 정령에 오염이 되어 있던 최상급 물의 정령까지 정화를 한 것이다.

　그로 인해 재식은 더 이상 백강현과 동급이 아니라 그 이상일 수도 있다는 것을 세상에 알려 주었다.

　그런데 이번 미국 텍사스에서 벌어진 재앙급 몬스터 웨이브에서 그를 뛰어 넘는 모습을 보여 준 것이다.

　바로 여태까지 지구에 등장한 그 어떤 재앙급 몬스터보다 강력한 대지의 용을 혼자서 상대했다는 것.

　6등급 몬스터를 한 번에 죽이던 아티팩트마저 제대로 통하지 않았다.

　한데 그런 몬스터를 재식은 홀로 막아 내며, 다른 헌터들이 후퇴할 수 있는 시간을 벌어주었다.

　비록 대지의 용을 사냥하는 것에는 실패했지만, 놈들의 진격을 막고 다시 온 곳으로 돌려보내는 데 성공하였다.

　이 때문에 미국 정부는 물론이고, 유럽의 유수 국가 정부들 그리고 중동의 나라에서 재식에게 귀화 의사를 타진하기도 했다.

물론 재식은 부모님과 연인이 있고, 또 길드의 연고가
있는 한국을 떠날 생각이 없기에 이를 모두 거절을 하였
다.

 대신 그 뒤로 언체인 길드가 몬스터 웨이브를 막는 데 지
대한 역할을 한 아티팩트 판매에 대한 의사 타진이 이루어
지게 되었다.

 그리하여 가져간 100자루의 창 아티팩트 중 30자루는
미국에 판매가 되었고, 괜한 분란이 일어날 것 같아 한국에
판매할 30자루를 뺀 40자루는 만일을 대비해 그대로 가
져왔다.

 그 때문에 재식과 언체인 길드가 한국으로 돌아오는 데
한 달이라는 시간이 소요된 것이었다.

*   *   *

 저벅저벅.

 무려 두 달 만에 헌터 협회에 찾아온 재식은 가던 길을
멈추고 여전히 북적이는 협회 로비를 보았다.

 헌터가 되기 위해 온 사람들, 그리고 새롭게 등급을 갱신
하기 위해 협회를 찾은 헌터들과 헌터와 관련된 업무를 보
기 위해 찾은 관련자들까지.

 많은 사람들이 왕래하는 로비의 모습에 재식은 살짝 흥분

되었다.

몬스터와 전투를 벌일 때 심장이 뛰는 그런 흥분과는 조금 다른 묘한 감각이었다.

'좋구나.'

헌터 협회 로비를 찾는 사람들의 모습에서 자신이 하는 일에 대한 자부심과 긍정적인 감각이 느껴진 탓이었다.

"뭐해?"

감상에 잠겨 있던 재식을 깨우는 소리가 들려왔다.

"아, 미안. 가자."

자신과 함께 헌터 협회 본부를 찾은 수형의 말에 정신을 차린 재식은 얼른 사과를 하고는 길을 재촉했다.

수형이 재식과 함께 헌터 협회를 찾은 것은 다름 아닌 S등급의 경지에 오른 것을 공식적으로 외부에 알리기 위해서였다.

S등급은 그냥 경지에 올랐다고 통보만 하면 되는 것이 아니었다.

헌터 라이센스처럼 규정에 따라 시험을 보고 통과를 해야만 공식적으로 등급에 오른 것을 인정해 주는 시스템이었다.

다만, S등급은 헌터가 원한다고 등급이 오르는 것이 아니기에 헌터 시험처럼 일정한 기간이 있는 것이 아니었다.

시험을 치를 헌터가 나왔을 때 이를 협회에 통보하면, 협회에서 적당한 시험 기일을 알려 주어 시험을 치르는 방식.

이때 헌터 협회는 접수를 받은 날부터 S등급 헌터가 갖춰야 할 능력에 맞게 시험을 준비하는데, 많은 헌터들이 시험을 치를 때마다 바뀌는 시험으로 고배를 마시기도 했다.

물론 재식은 단 한 번에 감독관들의 마음을 사로잡았고, 능력 또한 특별하여 단번에 시험을 통과하였다.

하지만 그 뒤로 재식처럼 S등급 헌터에 오른 사람이 없을 정도로 S등급 시험이란 큰 벽과 같았다.

그렇지만 재식은 수형의 시험 통과에 대해 그리 걱정하지 않았다.

그 정도로 수형의 전투력은 이번 미국에서 엄청나게 상승했기 때문이다.

특히나 수형이 각성한 속성은 시너지 효과가 좋은 번개와 물이었다.

불과 바람 속성만큼이나 시너지 효과가 좋은 속성을 각성하는 것은 쉽지 않은 일이다.

그런데 수형이 각성한 이 번개와 물 속성은 시너지 효과도 효과지만, 각자가 가지고 있는 특성 자체도 특별한 것이었다.

빠름과 파괴의 본질을 가진 번개 속성.

공격력만 가진 것이 아닌 약간이나마 치유와 정화의 능력도 가지고 있는 물 속성.

그러다 보니 활용성이 좋았고, 재식은 이후 S등급에 오른 수형이 자신 이전의 S등급 헌터들 이상으로 활약할 것이라고 예상하였다.

"떨리지 않나?"

재식은 걸어가면서 물었다.

"이제 와서 떨릴 것이 뭐가 있겠어."

수형은 담담히 대답하며 자신도 모르게 왼팔에 감긴 헌터 브레슬릿을 쳐다보았다.

그가 자신이 S등급에 오른 것을 확인한 것은 바로 헌터 브레슬릿 때문이었다.

몬스터를 상대로 정신없이 전투를 치르고 몬스터들이 물러난 뒤 본진으로 돌아와 휴식을 취하다 보게 된 자신의 헌터 레벨을 보며 처음에는 아무것도 인식하지 못했다.

그저 헌터 레벨이 하나 올랐구나 생각을 할 뿐이다.

하지만 그것도 잠시, 수형은 절로 몸이 떨려 오는 것을 느꼈다.

헌터 레벨이 69에서 70으로 1이 오른 것뿐이지만, 이것은 그 의미가 달랐다.

애초 듀얼 속성을 가진 헌터도 적었지만, 그들이 모두 S등급이 되는 것은 아니었다.

그들은 S급 헌터가 되기 위해 하나의 벽을 만나기 때문이었다.

한데 많은 듀얼 속성의 헌터들은 이 벽 앞에서 무릎을 꿇고 성장을 멈춘다.

물론 그렇다고 그들의 능력이 떨어지는 것은 아니었다.

다만, 그 벽을 넘은 헌터와 그렇지 않은 헌터의 차이가 확실할 뿐이었다.

벽을 넘은 헌터는 S등급이라 하여 그 뒤로도 헌터 레벨이 꾸준히 오르지만, 그렇지 않은 헌터는 헌터 일을 그만둘 때까지 영원히 69레벨에 묶여 있게 될 것이었다.

헌터가 된 이들, 아니, 헌터가 아니더라도 몬스터로부터 위협을 받는 모든 사람들은 자신들이 살고 있는 도시 혹은 나라에 한 명이라도 더 많은 S등급 헌터가 나오길 기대한다.

그래야 자신은 물론이고, 가족이 더욱 안전해지기 때문에.

하나 70레벨이 되었다고 헌터 브레슬릿에 뜨더라도 협회에서는 헌터들에게 바로 S등급 판정을 내리지는 않았다.

결론부터 이야기하자면 모두 돈 때문이다.

일반 헌터도 시민들에 비해 많은 세금 우대 혜택을 받는다.

이는 모두 군인이나 공무원들이 그렇듯 공공의 이익을 위해 자신의 목숨을 걸고 위험한 몬스터와 싸우기 때문이었다.

적국으로부터 국민의 안전을 지키기 위해 자유를 희생하고 전선에서 복무를 하는 군인.

범죄자로부터 국민을 지키기 위해 치안을 돌보는 경찰.

화마로부터 국민의 생명과 재산을 지키는 소방관.

그것처럼 헌터도 몬스터로부터 인류를 지키기 위해 나선다.

그러니 당연하게 그에 대한 보상으로 다른 일반인들에 비해 세금 우대를 해 주는 것이다.

물론 일반인 중에는 이런 세금 우대 혜택에 대해 불만을 토로하는 이들도 있다.

많은 돈을 벌면서 세금 우대까지 받으니, 헌터들이 더욱 부를 축적한다고 말이다.

그렇지만 그런 자들은 얼마 있지 않았고, 다른 사람들도 그런 이들의 말은 걸러 들었다.

아무튼 그런 이유로 헌터 협회에서는 헌터 등급을 측정하는 데 무척이나 예민했다.

그것은 등급이 높은 헌터일수록 더욱 위험한 일을 한다고 판단해 세금 우대 혜택의 범위가 늘어나기 때문이었다.

그러니 헌터의 정점이라 할 수 있는 S등급은 말할 것도 없었다.

당연 이 정도 등급이 되면 사실상 세금은 거의 없다고 해도 과언이 아니다.

다만, 국민이기에 4대 의무 중 하나인 납세의 의무를 지는 의미에서 소득의 10% 정도의 적은 세금을 낼 뿐이다.

하나 S등급 헌터가 벌어들이는 돈이 적지 않다 보니, 10% 정도의 세금이라도 적은 금액은 아니었다.

그래도 상대적 박탈감을 느끼는 일반인들이 있기는 마련.

그 탓에 세금을 아주 없앨 수도 없고, 또 그러한 S등급 헌터를 인정하는 라이선스를 남발할 수도 없기에 헌터 협회는 등급 선정 시험을 어렵게 하는 것이었다.

*   *   *

"그러니까 정 길드장의 말은 여기 최수형 헌터가 S등급 시험을 치를 레벨이 되었으니, 시험을 보게 하겠다는 말이지?"

몇 달 만에 자신을 찾아온 재식이 부탁을 하자, 김중배 협회장은 조심스럽게 의중을 물었다.

"맞습니다. 수형아."

이미 수형과 이곳을 찾아오기 전 이야기를 마쳤기에 재식의 부름에 곧장 무슨 의미인지 알아들을 수 있었다.

"알았다."

수형은 곧장 자신의 왼팔을 김중배 협회장의 앞에 들어 보였다.

손목시계보다 조금 더 굵은 헌터 브레슬릿의 화면이 자신의 눈앞에 펼쳐진 것을 본 김중배 협회장은 그것을 자세히 들여다보았다.

그러고는 화면 두 번째 줄에 적힌 헌터 레벨이 표시된 부분을 확인했다.

'정말이군.'

그가 본 헌터 브레슬릿 화면에 정확하게 'Lv70'이라고 찍혀 있었고, 화면 하단에는 인근 헌터 협회에 가서 등급 시험을 치르라는 문구가 깜박이고 있었다.

"알겠습니다. 시험 일정은 협회에서 검토 후 알려 주겠네."

김중배 협회장은 협회에서도 시험 준비를 할 시간이 필요하기에 그렇게 이야기하였다.

"알겠습니다. 그리고 부탁 하나 드려도 되겠습니까?"

"정 길드장의 부탁이라면 내 웬만한 건 다 들어줄 수 있으니 편하게 말하시게나. 하하하."

"개인적으로 저도 친구가 보는 시험을 참관하고 싶은데 가능하겠습니까?"

"물론 가능하지."

"감사합니다. 그럼 그렇게 알고 있겠습니다."

재식은 김중배 협회장에게 고개를 숙이고는 자리에서 일어났다.

하지만 재식은 이내 엉덩이를 다시 의자에 붙일 수밖에 없었다.

김중배 협회장이 그를 다시 불렀기 때문이다.

"그런데 잠시 얘기할 것이 있네."

조금 전과는 다르게 김중배 협회장은 조심스럽게 입을 열었다.

그도 그럴 것이, 조금 전에는 재식이 부탁을 하는 입장이었다면, 이제는 자신이 재식에게 부탁을 해야 할 시간이기 때문이었다.

"무슨 일이시죠?"

재식은 고개를 갸웃거리며 물었다.

"그, 창 아트팩트 말이야……."

"아, 무슨 말씀이신지 알겠습니다."

재식은 김중배 협회장의 말을 바로 깨달았다.

미국이 몬스터 웨이브가 끝난 뒤에 자신과 길드원들을 붙잡은 이유와 같으리라.

그것을 가지고 있다면 몬스터 웨이브 정도는 쉽게 방어할 수 있을 뿐만 아니라, 고 위험 군에 속하는 몬스터도 쉽게 사냥할 수 있기 때문이었다.

그 때문에 미국은 언체인 길드가 사용하던 100여 자루의 창을 모두 구입하길 원했다.

아무리 그것의 주인이 재식이라 하지만, 그것을 마음대로 미국에 전량 판매할 수는 없었다.

이것은 개인적인 문제가 아니라 자칫 잘못하면, 외교적으로도 문제될 수 있는 일이기 때문이었다.

강력한 아티팩트를 대량으로 구입하는 나라 입장에서는 개인의 물건을 판매하고 사들이는 것이니 무엇이 문제냐고 말하겠지만, 그와 반대로 대량의 아티팩트가 빠져나간 국가의 입장에선 답답하다 못해 열불이 날 만한 일이었다.

국민의 안전을 지킬 무기가 자신들 모르게 대량으로 빠져나간 것은 물론이고, 뒤늦게 그것을 국민이 알게 된다면 사태는 걷잡을 수 없이 커질 터였다.

아티팩트를 두 눈 뜨고 빼앗긴 정부에 대한 불신이 팽배해질 것이기 때문이었다.

이뿐만 아니라 다른 이유들도 많겠지만, 어쨌거나 나중에 문제가 될 소지가 크다는 것은 사실이었다.

아티팩트 판매와 매매에 불법적인 일은 없지만, 인류의 안전을 위협하는 몬스터에 대한 문제와 연결이 되면 심각하게 받아들여질 수밖에 없었다.

물론, 이건 어디까지나 외교적인 문제로 외교 능력이 더욱 강한 국가에게는 소용이 없다.

하지만 아무리 미국이라도 이번 몬스터 웨이브를 막는 데 혁혁한 역할을 한 창 아티팩트에 관해서는 예상하기 힘들었다.

아무래도 다른 나라들에서도 구입을 원하고 있기에 그것을 모두 미국이 차지하려 한다면 가만있지 않을 것이 분명했기 때문이다.

3. 불치병 치료

헌터 협회장실에 정적이 흘렀다.

언체인 길드가 보유하고 있는 창 아티팩트를 어떻게든 확보하기 위해 이야기를 하던 김중배 협회장은 놀라 눈만 동그랗게 뜨고 있었다.

방금 자신이 무슨 소리를 들었는지 순간 감이 오지 않기 때문이었다.

'헌터용 장비 사업을 본격적으로 해 보자고?!'

이러한 내용은 김중배 협회장이 그동안 그렇게나 재식에게 권하던 것이었다.

한데 재식은 그 제안을 거부하며, 자신이 아티팩트를 제작할 수 있다는 것을 숨기기 바빴다.

그러한 재식이 직접 자신에게 아티팩트와 아이템 사업을 함께하자고 제안할 줄은 몰랐다.

"방금 한 말이 정말인가?"

혹시나 자신이 잘못 들은 것은 아닌가, 확인하기 위해 다시금 물어보았다.

"제가 협회장님을 두고 장난을 치겠습니까? 다시 한번 말씀드리는 것이지만, 저희가 앞으로 아티팩트와 아이템 사업을 하려고 하는데, 헌터 협회도 일정 부분 참여하시는 것이 어떻겠습니까?"

사실 재식은 굳이 헌터 협회를 끼지 않더라도 마음만 먹으면 단독으로 사업을 벌일 수 있는 능력이 충분했다.

하지만 사람이 사는 곳이 그렇듯, 누군가 혼자 잘나가면 기존에 있던 기득권층이 이를 곱게 보지 않고 방해할 수도 있는 노릇이었다.

물론 재식이 국내 네 명뿐인 S등급 헌터이고, 또 얼마 뒤면 수형이 다섯 번째 S등급을 받을 것이 분명했다.

한 길드에 무려 두 명이나 되는 S등급 헌터가 있다면 헌터의 숫자는 의미가 없어질 것이었다.

이들을 함부로 볼 수 있는 길드는 없을 것이기에.

뿐만 아니라 언체인 길드의 헌터들도 거의 대부분이 6등급 중반에서 후반에 이르는 고위 헌터들로 구성되어 있었다.

그럼에도 재식은 군이 분란을 일으키지 않기 위해 사업을 벌이면서 헌터 협회를 배경으로 삼으려 했다.

"군이 우리가 필요한 것도 아니지 않나?"

김중배 협회장은 그러한 것을 알고 있기에 의아한 듯이 말을 꺼냈고, 그러면서 재식의 옆자리에 앉아 있는 최수형을 쳐다보았다.

조금 전 재식은 최수형을 두고 S등급 헌터 시험을 볼 사람이라고 소개했다.

오랜 기간 재식을 알아온 것은 아니지만, 김중배 협회장은 재식이 함부로 말을 하는 사람이 아니란 것을 잘 알고 있었다.

그렇기에 재식이 최수형을 S등급 시험을 치를 헌터라 소개한다면, 분명 그만한 역량을 가지고 있을 것이다.

즉, 한 길드에 무려 S등급 헌터가 두 명이나 되는 상황.

단 한 명도 없는 길드가 수두룩한 것이 S등급 헌터다.

아니, 국내만 보더라도 대형 길드에 속해 있는 S등급 헌터는 국내 헌터 길드 랭킹 1~2위를 다투고 있는 화랑과 성신 길드뿐이다.

그중에 화랑은 현재 S등급 헌터이면서 길드장인 이성진이 실종된 상태였다.

실질적으로 현재 대한민국 S등급 헌터 중 활동하고 있는 것은 앞에 앉아 있는 재식과 성신 길드의 길드장인 백강현 뿐이란 소리다.

나머지 10대 길드 중에는 아직까지 S등급 헌터가 나오지 않았기에 언체인 길드와 비교를 해서 누가 더 높다고 판단하기가 어려웠다.

아니, 고위 헌터의 숫자를 생각하면 실질적인 전투력으로 언체인 길드가 더 우위를 차지할지도 몰랐다.

그런데 거기에 또 한 명의 S등급 헌터가 포함이 되다니.

헌터이기는 했지만, 오래 전 자신의 한계를 느끼고 일찍 정치계로 뛰어든 그이다 보니 많은 것을 고려해 판단을 해야만 했다.

하지만 결론적으로 헌터 협회의 입장에서 재식이 제안한 아티팩트 및 아이템 사업에 참여하는 것이 썩 나쁜 제안은 아니었다.

꿀걱.

"일정 지분 참여라면 어느 정도까지를 이야기하는 건가?"

김중배 협회장은 말을 하면서 목이 마른지 자신도 모르게 마른침을 삼키며 물었다.

"사업 자금이나 제작 등은 저희가 처리할 것이니, 협회에서는 지금처럼 판매 대행을 해 주시면 될 것 같습니다."

재식은 굳이 헌터 협회에게 많은 지분을 줄 생각이 없기에 기존에 하던 것처럼 판매 대행을 부탁했다.

"판매 대행을 하는 조건으로 순수익의 15%를 드리지요."

이들이 판매할 물건은 아티팩트와 그보다 조금 성능은 떨어지지만, 대신 돈이 부족한 중급 헌터들이 많이 찾는 아이템이었다.

아이템이 아티팩트에 비해 성능도 떨어지고 가격도 낮다고 하지만, 그래도 수백, 혹은 천만 원이라는 가격은 훌쩍 뛰어넘었다.

어떤 아이템은 너무나도 인기가 좋아 하급 아티팩트보다 가격이 높은 것도 있을 지경이다.

그러니 순이익의 15%만 해도 헌터 협회가 앞으로 벌어들일 금액은 적지 않았다.

더욱이 헌터 협회는 공공 기관이다 보니 세금을 낼 필요가 없었다.

즉, 또 다른 수입원이 생긴 것이다.

이 정도 수익이 늘어나게 된다면 그동안 지방 헌터 지부에서 그토록 원하던 집중 치료 시설을 지원해 줄 수도 있을 것이다.

이에 김중배 협회장은 조금 더 지분을 받을까 했지만, 재식의 눈을 보고는 그런 생각을 접었다.

더 이상은 안 된다는 단호한 표정을 짓고 있기 때문이었다.

"15%라… 좋아!"

지금처럼 찔끔찔끔 장구류를 판매하는 것이 아니라 이제는 아이템과 아티팩트를 대량으로 생산하고 판매할 것이라 했으니, 15%만 받아도 충분하다고 생각을 돌린 것이다.

그 즉시 계약서가 작성됐고, 이내 두 사람은 만족한 웃음을 지으며 비서가 내온 차를 마시기 시작했다.

"그런데 그동안 내가 하자고 했을 때는 거절을 하더니, 무슨 바람이 불어 그런 선택을 한 건가?"

재식과 계약을 마친 김중배 협회장은 궁금한 것을 물었다.

그런 김중배 협회장의 질문을 받은 재식은 여유로운 미소를 지으며 대답을 하였다.

"별다른 이유가 있는 것은 아닙니다. 이번 미국에서 몬스터 웨이브를 막아 내면서 이런 생각을 했습니다."

말은 그랬지만, 사실 재식이 이런 생각을 한 것은 미국에서가 아니라 물의 최상급 정령인 슈마리온에게서 들은 이야기 때문이었다.

지구에 몬스터가 나타난 이유와 차원 게이트 너머 칸트라 차원의 절대자들이 꾸미고 있다는 것.

앞으로 차원 게이트를 넘어올 적들에 대해 알게 되면서 그런 판단을 한 것이다.

그도 그럴 것이, 슈마리온에게 들은 이야기는 너무나도 충격적이었다.

인류가 알고 있는 재앙급 보스 몬스터는 칸트라 차원에 이루 말할 수 없을 정도로 많다는 것이다.

더욱이 칸트라 차원에는 인류가 재앙급이라 표기한 몬스터 중에서도 그 우열이 나뉘어 있었고, 이전에 나온 재앙급 몬스터보다 훨씬 더 강한 몬스터들이 남아 있다고 하였다.

그 말은 현재 지구상에 가장 강하다 알려진 S등급 헌터들만으로는 칸트라 차원의 침공을 감당할 수 없다는 뜻이었다.

S등급 헌터가 많은 고위 헌터들의 도움을 받아 재앙급 몬스터 하나를 처치할 수 있다고 해도 지구상에 그런 능력을 가진 헌터와 헌터 길드의 숫자는 손에 꼽을 정도다.

그렇다면 앞으로 지구로 넘어올 그 많은 재앙급 몬스터를 어떻게 해야 할까 고민을 하던 중 생각해 낸 것이 바로 헌터들의 무력을 올리는 것이었다.

헌터의 레벨을 올려 모두 S등급이나 그에 준하는 레벨로 올리면 좋겠지만, 그것은 현실적으로 불가능한 일이었다.

막말로 그런 일은 지구의 신이 인류를 불쌍히 여겨 모두를 고위 헌터로 각성시킨다면 모르겠지만, 그것은 사실상 말도 되지 않는 일이다.

만약 지구의 신이 그런 생각을 했다면, 굳이 칸트라 차원에 넘어가 그곳의 절대자들에게 그런 황당한 계약을 하지도 않을 것이기 때문이었다.

그러니 그것을 배제하고, 헌터의 무력을 높이는 방법은 헌터들이 사용할 장구류를 기존에 사용하던 것 이상으로 좋은 것을 공급하면 되는 일이었다.

그렇게 조금이나마 헌터들의 무장이 좋아진다면, 앞으로 나타날 몬스터들을 상대하는 것이 더욱 쉬워질 것이다.

그러다 보면 저절로 헌터들의 레벨이 올라 차원 게이트를 넘어올 재앙급 몬스터를 상대하는 것도 편해질 것이 분명했다.

재식이 미국에 몬스터 웨이브를 막기 위해 창을 준비해 간 것도 그러한 생각을 시험해 보기 위해 일부러 준비해 간 것이었다.

한국에 있는 헌터뿐만 아니라 전 세계에 새로운 아티팩트의 출현을 알리는 한편, 사람들의 관심을 끌어 무구의 대한 탐욕을 일으키는 것.

그러한 재식의 계획은 대성공을 거뒀다.

쇼 케이스가 성공적으로 끝났으니 이제는 본격적으로 물건을 만들어 판매를 할 때였다.

그런 이유로 재식은 김중배 협회장을 찾아 일정 지분을 넘겨주면서 불필요한 분쟁을 막기 위한 방패로 끌어들였다.

물론 김중배 협회장도 재식이 그러한 이유로 협회를 끌어들인다는 걸 알고 있었다.

하지만 그렇다고 그것이 협회나 자신에게 해가 되는 일도 아니었다.

아니, 오히려 자신의 입장에선 현재보다 더 막강한 힘을 쥘 수 있는 일이기에 이를 받아들였다.

즉, 서로에게 윈윈이라는 뜻이다.

"그럼 어느 정도 규모로 할 예정인가?"

김중배 협회장은 이미 재식과 손을 잡고 사업을 하기로 결정했으니 이제는 규모에 대해 물었다.

그런 김중배 협회장의 물음에 재식은 입가에 미소를 지으며 대답을 하였다.

"이번에 선보인 창은 열 개를 한 세트로 묶어 판매할 예정인데, 당분간 한 국가에 한 세트만 판매하는 것으로 할 생각입니다."

미국에서 보여 준 것이 있으니 당분간 창에 대한 수요가 많아질 것은 분명했다.

그 때문에 과도한 경쟁을 막기 위해 재식은 한 국가에 한 세트만 판매하는 것으로 정했다.

그렇지 않고 무한대로 경쟁을 하게 만든다면 분명 재식이나 언체인 길드 입장에서는 보다 많은 돈을 벌 수 있을 것이지만, 재식은 그런 식으로 돈을 벌 생각이 전혀 없었다.

돈이라면 지금도 충분했다.

그동안 몬스터를 사냥하고 아이템을 만들어 판매하는 것만으로도 몇 대가 놀고먹어도 다 쓰지 못할 재산을 모았다.

그러니 굳이 그런 식으로 누군가에게서 피눈물 나게 할 생각은 전혀 없고, 적당한 가격이라면 그들의 피를 막기 위해 골고루 판매할 생각이었다.

"저는 굳이 욕을 먹어가며 돈을 벌 생각은 없습니다."

멍한 표정으로 쳐다보는 김중배 협회장을 바라보며 재식은 빙그레 웃으며 이야기를 하였다.

"협회장님도 돈이라면 벌만큼 버시지 않았습니까?"

"그, 그렇긴 하지만 너무 한 번에 많이 풀린다면, 다른 문제가 생길 수도 있어."

"그렇다고 아티팩트를 무분별하게 찍어 낼 생각은 없습니다."

재식의 말에 김중배 협회장은 고개를 끄덕이며 수긍했다.

아티팩트가 많으면 분명 인류의 생존에 큰 도움이 될 것이다.

하지만 그와 반대로 제한 없이 풀린 아티팩트로 인해 몬스터뿐만 아니라 인간도 희생될 수 있었다.

몬스터보다 쉽게 상대할 수 있는 헌터를 노리는 빌런들에게 아티팩트가 넘어가게 된다면, 인류의 안전을 위해 풀어놓은 무기로 인해 도리어 더한 위험에 처하게 만드는 일이었다.

무엇보다 기존의 기득권자들은 자신의 지위를, 그리고 생명을 위협받는 것을 극도로 싫어한다.

그런데 만약 재식이 제한 없이 아티팩트를 풀어놓게 된다면, 위험을 느낀 기득권들이 제제하기 위해 나설 것이 분명했다.

그러니 재식은 기존의 기득권들이 위협을 느끼지 않는 적정한 선에서 아티팩트와 아이템들을 풀 생각을 가지고 있었다.

하여 위력이 강한 아티팩트의 경우에는 길드 단위가 아닌 국가와 정부를 상대로 판매할 계획을 세워 두었다.

그래야 판매한 아티팩트로 인해 사고가 발생하더라도 각국의 정부에서 자체적으로 처리할 수 있기 때문이었다.

이러한 생각을 꺼낸 재식의 말에 듣고 있던 김중배 협회장이나 최수형은 놀랐다.

설마 그런 것까지 생각하고 있을 줄은 예상하지 못했기 때문이다.

김중배 협회장과 이야기를 마친 재식은 그 길로 헌터 협회를 나와 언체인 길드와 협업하고 있는 일성 팩토리를 찾았다.

일성 팩토리는 하급 헌터들에게 헌터용 장구류 판매와 대여를 하는 소규모 공방을 운용하던 업체였다.

한데 필요한 물건을 제작 의뢰하다가 재식과 인연이 닿아 이제는 언체인 길드의 헌터가 필요한 장구류 등을 제작 의뢰하고 있는 업체가 되었다.

물론 아직도 기존에 하던 사업을 병행하고는 있지만, 현재 일성 팩토리의 주 업무는 언체인 길드가 제작 의뢰한 장구류를 제작하는 것이다.

똑똑똑.

일성 팩토리를 찾은 재식은 공방의 문을 두드렸다.

정문은 하급 헌터들이 장구류를 대여하는 곳이라 재식은 정문으로 가지 않고, 대여점 뒤쪽에 위치한 공방으로 곧장 간 탓이었다.

끼익!

"누구세요?"

조금 뒤 작은 철문이 열리면 머리 하나가 나오며 말소리가 들렸다.

"안녕하십니까? 언체인 길드에서 나왔습니다."

재식은 굳이 자신의 이름이 아닌 길드 명을 이야기하였다.

"아! 어서 오세요."

머리만 빼꼼히 내밀은 청년이 얼른 문을 활짝 열고 나와 재식을 맞았다.

"그럼……."

재식은 청년이 열어 준 문을 통해 안으로 들어갔다.

"아버지, 언체인 길드에서 나오셨데요!"

청년은 재식이 공방으로 들어가자 문을 닫고 소리쳤다.

그러자 안에서 부산한 움직임이 포착되었다.

후다닥!

언체인 길드가 언급되자 안에서는 하던 일도 멈추고 사람이 나왔다.

아마도 주거래 길드다 보니 그러는 것 같았다.

"오셨습니까?"

공방 안에서 장년의 사내가 나와 재식을 맞았다.

"아니, 이렇게까지 안 하셔도 되는데……."

자신의 아버지뻘 되는 일성 팩토리 주인의 과도한 인사에 재식은 당황해하며 말했다.

"아닙니다. 그런데 무슨 일로 오셨습니까."

일성 팩토리 주인은 재식을 보며 무슨 일로 공방을 찾았는지 용건을 물었다.

"다름이 아니라……."

재식은 자신이 이곳을 찾은 이유에 대해 설명을 하였다.

김중배 협회장과 이야기한 것을 대략적으로 언급해 주었다.

그런 재식의 이야기를 조용히 듣고 있던 일성 팩토리 주인과 그 아들은 너무나도 놀라 입을 벌리고는 아무런 소리도 내지 못했다.

그도 그럴 것이, 방금 전 재식이 언급한 장구류의 종류와 양이 기존에 언체인 길드가 구입하던 것의 몇 배나 되었기 때문이다.

단순하게 양만 많아진 것이 아니라 요구하는 조건도 늘어났다.

물론 수량과 조건이 늘어난 만큼 비용도 늘어나긴 했지만, 일성 팩토리 주인 입장에서 늘어난 일감을 두고 마냥 좋아할 수만은 없었다.

그도 그럴 것이, 방금 전 재식이 말한 장구류의 종류와 수량은 일성 팩토리 혼자 감당하기에는 너무나도 버거웠기 때문이다.

한 번이라면 가능할 수 있었지만, 재식은 한 번 대량으로 거래하자는 말이 아닌 그 정도 수량을 꾸준히 거래하자고 제안하였기 때문이다.

그러다 보니 일성 팩토리 주인이나 아들은 재식의 제안을 쉽게 받아들일 수만은 없었다.

괜히 무리하게 계약을 했다가 제대로 납품을 맞추지 못하게 된다면, 그동안 언체인 길드와 쌓은 신뢰 관계가 무너질 수도 있기 때문이다.

하지만 그 문제만 해결된다면, 이보다 더 좋을 수는 없었다.

이에 일성 팩토리 주인은 잠시 생각하다가 질문을 하였다.

"혹시 다른 곳과 함께해도 되겠습니까? 저희 공방만으로는 한 번은 가능해도 꾸준히 거래하는 것은 불가능할 것 같습니다."

혹시나 이런 것으로 언체인 길드에서 거래를 중단할지도 모른다는 불안감에 일성 팩토리 주인은 조심스럽게 물었다.

이야기를 들은 재식은 잠시 주변을 둘러보았다.

예전에도 느낀 것이지만, 확실히 일성 팩토리의 규모는 여느 헌터 용품 생산업체 치고는 아주 작은 규모였다.

그 때문에 하급 헌터들이나 오지, 중급 헌터들은 일성 팩토리 물건을 잘 찾지 않았다.

중급 헌터들의 경우 벌어들이는 돈이 적지 않았다.

그러다 보니 자신이 사용할 장구류를 굳이 일성 팩토리와 같은 작은 영세 규모의 공방에서 구매하지 않는다.

그도 그럴 것이, 아무리 이곳의 물건의 값이 싸다고 해도 자신의 목숨을 담보로 몬스터를 상대하는 헌터의 입장에서는 품질에 대한 신뢰도가 있는 이름난 업체에서 생산한 물건을 찾기 때문이었다.

그렇기에 일성 팩토리도 다방면으로 자신들이 생산한 물건에 대한 홍보를 하기 위해 자체적으로 가게를 열고, 하급 헌터들을 상대로 판매와 대여를 하고 있는 것이다.

영세 업체들 중에서 일성 팩토리는 그런대로 품질에 대한 신뢰도가 쌓여 많은 하급 헌터나 돈이 부족한 중하급 헌터들이 찾았다.

그리고 그런 헌터 중 한 명이 바로 재식이기에 이곳의 품질을 믿을 수 있어 언체인 길드가 사용할 물품으로 거래를 하고 있었다.

물론 그렇게 납품된 장구류를 재식이 직접 개조하여 사용하고 있기는 하지만 말이다.

그렇기에 일성 팩토리 사장의 말에 재식은 별로 걱정을 하지 않고 대답하였다.

"상관없습니다. 다만, 품질은 기존에 납품하던 것과 비슷해야만 합니다."

재식은 납품할 물건에 대한 기준을 기존 일성 팩토리의 것과 동급으로 맞춰 달라고 하였다.

"그건 당연하지요."

일성 팩토리 주인도 재식의 대답에 바로 고개를 끄덕이며 대답하였다.

"그런데 제가 요구한 조건을 맞추기 위해선 몇 가지 공작 기계와 그것을 다룰 기술자가 필요할 것인데 가능하겠습니까?"

일성 팩토리 내에는 자신이 말한 공정을 할 수 있는 기계가 없었기에 그걸 지적했다.

"그렇기는 한데… 그건 저희가 새로 구하면 됩니다."

"혹시 그것을 구입할 자금이 부족하시다면 먼저 물품 대금으로 선 입금 하겠으니 물건만 제대로 만들어 주십시오."

재식은 대답을 하면서도 머뭇거리는 일성 팩토리 주인의 모습에 뭔가 사정이 있다고 판단하고는 물품 대금을 선 입금할 수도 있다는 말을 꺼냈다.

그러자 이를 듣고 있던 공방 주인과 그 아들의 표정이 밝아졌다.

그러고 보니 자신이 이곳을 찾으면 언제나 밝은 표정으로 자신을 맞이하던 안주인의 모습이 보이지 않았다.

"그런데 여사장님의 모습이 보이지 않으시네요? 혹시 어디 가셨습니까?"

재식이 주변을 둘러보며 여주인의 안부를 물었다.

"음……."

"그게 어머니는 몸이 편찮으셔서……."

일성 팩토리 여사장의 향방을 대답한 것은 아들이었다.

"많이 안 좋으십니까?"

그렇게 친한 사이는 아니지만, 하급 헌터 일을 할 때부터 안면이 있던 여사장이 병원에 입원했다는 이야기에 관심이 갈 수밖에 없었다.

재식의 많지 않은 인연 중에서 이곳 일성 팩토리의 여사장은 재식에게 은인이라 할 수 있는 사람이었다.

힘든 하급 헌터 시절 돈 몇 백에 손을 떨던 때가 있었다.

지금이야 몇 백억도 쉽게 사용할 수 있지만, 그 당시만 해도 재식이 사용할 수 있는 돈은 얼마 되지 않았다.

아버지의 치료비를 벌기 위해서라도 최대한 아끼고 아껴야 할 때였는데, 우연히 이곳 개구리 헌터 용품 대여점에 들렸다가 행사에 당첨돼 행운을 맞아 비싼 헌터용 무기를 공짜로 얻었다.

그리고 덤으로 고급 포션까지 한 세트를 얻기도 했다.

물론 그 포션은 재식이 사용하지 않았지만, 어찌되었든 그것이 있어 몬스터를 사냥할 때 든든한 것도 사실이었다.

재식은 비록 그것이 공방에서 만든 물건의 홍보를 위한 행사였다고 해도 자신에게 크나큰 도움이 되었다.

그래서 그 당시 자신이 받은 도움을 일부라도 갚기 위해 이곳 일성 팩토리와 납품 계약을 한 것이다.

"병원에서는 마나 포이스닝이라고 했습니다."

"아니, 어쩌다……."

재식은 일성 팩토리의 여사장이 마나 포이스닝이라 불리는 마력 중독에 걸렸다는 소리에 깜짝 놀랐다.

마력 중독은 일반인이 게이트 브레이크가 벌어지는 현장에 있을 때 걸리는 병이다.

차원 게이트가 브레이크를 일으킬 때, 게이트 안에 있던 마력이 대기 중으로 퍼지면서 일어난다.

그렇게 되면 인근에 있던 일반인들이 호흡할 때 들이마시게 되고, 이내 픽픽 쓰러지게 되는 것이다.

원래 마나는 인체에 무해한 에너지다.

아니, 마나가 쌓일수록 인간의 신체는 더욱 건강해진다.

하지만 약도 과하게 쓰면 독이 되듯, 마나도 마찬가지.

준비되지 않은 신체에 과도하게 마나가 쌓이게 되면 그것은 오히려 인체가 가지고 있는 생명 에너지를 해치는 독이 된다.

만약 이곳 일성 팩토리의 여사장이 헌터라면 또 얘기가 달랐다.

게이트 브레이크가 발생하면서 퍼진 마나를 마시고 오히려 몸에 있는 에너지가 늘어나면서 헌터 레벨이 올랐을 것이지만, 일반인이기에 과도한 마나의 유입으로 병을 얻은 것이다.

"그런 것이라면 제가 도움을 드릴 수 있겠네요."

이야기를 모두 들은 재식은 안도의 한숨을 쉬며 그렇게 이야기를 하였다.

"네? 그게 사실입니까?"

일성 팩토리 주인과 그 아들은 재식의 이야기에 믿을 수 없다는 표정으로 물었다.

그도 그럴 것이, 지금까지 마력 중독은 치료할 수 없는 병이라고 알려져 있기 때문이었다.

마력 중독에서 치료되는 것은 각성을 통해 헌터가 되는 수밖에 없었다.

이 또한 이론적인 것일 뿐 아직까지 그런 선례가 보고된 적이 없어 사실상 불치병으로 알려졌다.

그런데 재식이 그걸 치료할 수 있다고 한다니.

"정말 그것의 치료법이 있다는 말이 사실입니까?"

아내의 치료법을 알고 있다는 재식의 말에 공방 주인은 급기야 두 눈에 눈물을 보이며 물었다.

"예. 제가 마나 포이스닝의 치료법을 알고 있습니다."

재식은 눈물을 흘리는 공방 주인에게 손수건을 건네주며 대답하였다.

"그럼 제 아내 좀 살려 주십시오. 제가 할 수 있는 일이라면 어떤 것이라도 하겠습니다."

급기야 공방 주인은 공방 바닥에 무릎을 꿇고, 재식의 바짓단을 움켜잡으며 고개를 숙였다.

*　　　*　　　*

하얀 침대보를 덮고 누워 있는 중년의 여성의 얼굴을 내려다보는 재식은 자신도 모르게 낮게 침음을 흘렸다.

"음……."

재식이 신음을 흘린 것은 일성 팩토리의 여사장의 모습이 너무나도 처연했기 때문이다.

대여점을 찾는 헌터들에게 언제나 밝은 미소로 반겨 주던 여주인의 모습은 오간데 없고, 얼굴빛이 창백하고 피골이 상접한 병자만이 침대에 누워 있었다.

"정말 가능하겠습니까?"

마력 중독으로 인해 몇 십 년은 폭삭 늙어 버린 아내의 모습에 일성 팩토리의 주인인 신천우가 세상이 무너진 표정으로 재식에게 물었다.

비록 모습은 해골에 살가죽만 씌워 놓은 것 같은 모습이지만 재식은 알고 있었다.

너무나도 많은 에너지의 유입으로 도리어 생명 에너지가 몸 밖으로 밀려나 벌어진 일임을 말이다.

그렇기 때문에 현재 병원에서 하고 있는 치료로는 절대로 여사장의 병이 호전되지 않는다는 것을 잘 알기에 조용히 고개만 끄덕였다.

"그럼 부탁드립니다."

신천우가 그렇게 아내의 치료를 재식에게 부탁하고 있을 때, 일단의 사람들이 병실의 문을 열고 안으로 들어왔다.

"아니, 당신은 누군데 환자를 담당의 허락도 받지 않고 치료를 한다는 겁니까?"

병실 안으로 들어온 사람은 다름 아니라 이곳 병원의 의사와 간호사들이었다.

"그러다 더 나빠지기라도 하면 어쩌려고 그래?!"

급기야 의사는 자신이 담당하는 환자의 곁에서 무언가 하려던 것 같은 모습으로 있는 재식을 보며 삿대질을 하며 의사냐 소리쳤다.

그런 의사의 모습에 재식은 담담한 목소리로 대답하였다.

"의사는 아니지만 이 환자를 치료할 수는 있습니다."

"아니, 의사도 아닌데 어떻게 이 환자를 치료한다는 거야!"

재식이 나이보다 동안이다 보니 의사는 더욱 목소리를 높여 윽박질렀다.

그런 의사의 모습에 재식의 인상이 살짝 구겨졌다.

"그럼 의사인 당신은 마나 포이스닝의 치료법을 알고 치료할 수 있다는 거지?"

급기야 재식의 입에서 존댓말이 아닌 평어가 나왔다.

S등급 헌터가 되면서 재식은 그동안 자신보다 나이가 많은 헌터들이나 헌터 협회 관계자들에게도 지금과 같은 폭언을 들어 보지 못했다.

하다못해 오전에 이야기하던 헌터 협회 회장인 김중배 협회장도 자신에게는 함부러 말하지 않았다.

그런데 비록 자신보다 나이가 있어 보이는 사람이기는 하지만, 처음 본 자신에게 막말하는 의사의 모습에 그리 기분이 좋지 못했다.

"이 병의 치료법은 본인 스스로 이겨 내거나 각성하는 것뿐이 없다는 게 정설. 그런데…….''

의사는 그저 자신이 하지 못하는 것을 할 수 있다고 하는 재식에게 혹시나 환자를 빼앗기지는 않을까, 혹은 정말로 재식이 환자를 치료하면 자신의 평판이 나빠지는 것이 아닐까 두려워 치료를 막는 것뿐이었다.

그렇기에 재식이 눈에 힘을 주고 노려보자 처음과 다르게 말끝이 흐려졌다.

"그럼 치료법도 모르면서 이 병의 치료법을 알고 있는 나를 방해하는 것이란 말입니까?''

재식은 급기야 눈에서 불꽃이라도 쏘아 내듯 힘을 주며 의사를 압박했다.

"아니…….''

자신을 윽박지르는 재식의 모습에 순간 기가 죽은 의사는 주춤 뒤로 물러나며 말꼬리를 흐렸다.

웅성웅성.

의사와 재식의 입씨름이 벌어지면서 병원 내부가 소란스러워지자, 인근에 있던 환자와 보호자, 그리고 간호사들과 의사들도 이곳으로 몰려들기 시작했다.

그런데 사람들이 모여들자 의사는 조금 전과 다르게 기세를 올리며 큰소리를 쳤다.

"당신이 누군지는 모르겠지만, 여긴 병원이야! 당신은 이곳에서 일하는 의사도 아닌데 어디서 이상한 것을 배워 와 불안한 환자 보호자를 속이려고 하는 거야!"

의사는 급기야 재식을 돌팔이 의사 내지는 불안한 마음에 지푸라기라도 잡고 싶은 환자의 보호자를 속여 사기를 치려는 사기꾼으로 몰아갔다.

"허허."

너무 사람이 어처구니가 없으면 헛웃음만 나듯 재식은 의사의 반응에 기가 막혀 헛웃음이 나왔다.

"길드장님 노여움을 푸시고, 제발 제 아내 좀 살려 주십시오."

의사가 재식을 상대로 이상한 소리를 하고 있을 때, 아내의 손을 꼭 잡고 있던 신천우는 재식에게 다시금 아내를 살려 달라고 간곡히 부탁했다.

그런 신천우의 목소리를 들은 것인지 병실 밖에 있던 누군가가 재식의 정체를 말하였다.

"어?! 언체인 길드의 길드장인 정재식이다."

"정재식? S등급 헌터!"

"재앙급 헌터잖아!"

한 사람이 재식의 정체를 까발리자, 뒤이어 재식의 헌터 등급을 언급하고, 또 누구는 재식도 모르는 별명을 불렀다.

누군가가 부른 재앙급 헌터란 별명은 재식이 미국에서 재앙급 보스 몬스터인 대지의 용 타르쿠스를 일대일로 막아 내면서 붙여진 별명이었다.

지금까지 S등급 헌터 중 어느 누구도 혼자서 재앙급 몬스터를 막아 내지 못했다.

그런데 재식이 그러한 모습을 보여 주었으니, 기존의 S등급 헌터와 다르게 그와 같은 별명이 붙은 것이었다.

'헉!'

뒤에서 들려오는 말을 들은 의사는 그제야 재식의 정체를 깨닫고 자신이 무슨 실수를 했는지 알게 되었다.

'설마 이 사람이 그 사람이란 말이야?!'

재식의 정체를 알게 된 의사의 낯빛은 급기야 새파랗게 질려 갔다.

그도 그럴 것이, 일반적인 헌터도 아니고 헌터들의 정점에 있는 S등급 헌터였다.

그것도 상식선에 놓인 그런 S등급이 아닌, 혼자서 재앙급 보스 몬스터를 막아 낸 괴물 중의 괴물이었다.

주춤!

의사는 재식이 어떤 행위도 하지 않았지만, 자신도 모르게 뒤로 한걸음 물러났다.

그런 의사의 모습에 재식은 속으로 한숨을 쉬었다.

예전에는 의사가 그렇게 대단해 보였는데, 눈앞에 있는 의사는 자신이 예전에 보던 그런 의사가 아니었다.

물론 모든 의사가 지금 눈앞에 있는 사람과 같지는 않겠

지만, 의사에 대한 생각이 많이 바뀌게 한 것은 사실이었
다.

그런 그자를 잠시 노려보던 재식은 다시 시선을 침대 위
에 누워 있는 여사장에게 돌렸다.

그러고는 일성 팩토리 주인에게 작게 말을 하였다.

"아내 분을 잠시 침대에 앉혀 주십시오."

"예, 알겠습니다."

신천우는 재식의 말이 떨어지기 무섭게 침대에 죽은 듯
누워 있는 아내의 몸을 일으켜 앉혔다.

그렇게 여사장이 병원 침대에 앉혀지자, 재식은 그녀의
머리 위에 한 손을 얹었다.

마치 가톨릭의 신부가 신도들에게 안수기도를 하듯이 말
이다.

재신은 지그시 눈을 감았다.

'에너지가 넘쳐 생긴 병이니, 반대로 퍼내면 된다.'

마나 포이스닝의 원인과 해결책을 알고 있는 재식은 차콥
의 기억에 있는 치료법을 떠올리며 여사장의 몸에서 마나를
빼내기 시작했다.

물론 단순하게 몸속에 있는 마나를 빼내는 것이 아니었
다.

경락을 따라 흐르게 하면서 여사장이 원래 가지고 있는
생명 에너지와 게이트 브레이크로 몸속에 침투한 마나를 함

께 움직였다.

그렇게 두 에너지를 움직인 재식은 생명 에너지를 계속해서 경락을 따라 순환을 시키고, 여사장의 몸에 정착하지 못한 마나만 조금씩 몸 밖으로 빼냈다.

그렇게 에너지가 여사장의 몸에서 한 바퀴씩 순환하면서 조금씩 변화가 일어났다.

"어?!"

열린 문틈으로 병실 안을 들여다보던 사람들 중 변화를 확인한 누군가가 탄성이 터뜨렸다.

그리고 그건 들불처럼 퍼지면서 바라보고 있던 사람들을 모두 놀라게 만들었다.

이에 재식의 기세에 눌려 뒤로 물러난 의사도 환자의 변화를 확인하고는 놀람을 감추지 못했다.

'정말로 마나 포이스닝이 치료된다고?!'

그동안 학계에선 마나 포이스닝을 불치병이라 단정 지었다.

그런데 지금 의사도 아닌 헌터가 그 불치병을 치료하고 있다니…….

담당 의사의 두 눈은 끝없이 좌우로 떨렸다.

4. 테스트

약간의 변덕이 있기는 했지만, 재식이 준비하는 아티팩트와 아이템 판매 계획은 순조롭게 진행되었다.

그도 그럴 것이, 불치병인 마나 포이스닝에 걸린 부인의 치료가 극적으로 치료되자, 일성 팩토리의 주인은 물론이고, 그 아들까지 나서서 재식이 하는 일에 적극적으로 나섰기 때문이다.

다만, 이 과정에서 일성 팩토리 주인과 그 아들이 너무나도 과하게 움직이는 바람에 재식이 그에 제동을 걸고 수위를 조절해 주었다.

만약 그렇지 않았다면 엄청난 재고가 남게 되었을 것이다.

재식이 이번에 헌터 협회와 손을 잡고 하려는 사업은 일반적으로 흔히 생산할 수 있는 물건이 아닌 오직 재식만이 할 수 있는 일이라 그것을 하는 데에는 한계가 분명 있었다.

그러니 아티팩트와 아이템을 혼자 감당할 수 있는 물량만, 일정하게 생산하여 공급할 계획이었다.

사실 그것만으로도 인류는 몬스터로부터 상당한 안전을 보장받을 수 있을 것이었다.

앞으로 차원 게이트에서 고위험군의 몬스터가 많이 쏟아질 것이 분명하지만, 그렇다고 당장 내일 한꺼번에 생겨날 일은 아니었다.

슈마리온으로부터 들은 이야기를 종합해 보면 원래 칸트라 차원에 존재하는 주류 몬스터와 그보다 조금 더 상급의 몬스터만이 지구로 넘어오게 되어 있었다.

이는 지구의 신과 칸트라 차원의 절대자들이 맺은 계약에 명시된 일이었다.

하지만 칸트라 차원의 절대자들 중 질서의 유지자인 정령들의 왕인 엘리오스를 뺀 남은 셋이서 계약을 위반하고, 자신들이 직접 지구로 넘어갈 구상을 하고 있다.

만약 그들의 계획이 일부라도 성공을 거두게 된다면 아마 지구는 멸망하고 말 것이다.

다른 절대자들의 능력은 아직까지 알 수 없었지만, 재식은 그들 중 흑룡왕 앙칼리우로스의 존재감을 느낀 적이 있었다.

바로 재앙급 보스 몬스터 오마르의 세포를 융합하는 과정에서 말이다.

재앙급 보스 몬스터 치고는 조금 작은 편이던 어스 드레이크 오마르가 겨우 발가락 정도로 보일 정도로 보일 크기.

오마르의 기억의 일부일 터인데도 느껴지던 그 강렬한 존재감.

아주 잠깐일 뿐이었는데도 재식은 잊을 수가 없었다.

물론 이후에 신체를 업그레이드하고, 또 얼마 전 미국에서 발생한 재앙급 몬스터 웨이브와 그곳에서 만난 또 다른 재앙급 보스 몬스터인 대지의 용과의 전투에서 깨달음을 얻었다.

이러한 사건을 겪으며 몬스터들의 지배자인 흑룡왕 앙칼리우로스에게서 느낀 공포는 상당히 희석되었다.

그럼에도 재식이 이렇게 준비를 하는 것은 그것들이 넘어오기 전에 최대한 그것들의 힘이 될 소지가 있는 몬스터나 변수를 줄이기 위해서다.

특히나 미국과 멕시코의 국경에서 발생한 재앙급 몬스터 웨이브는 해결된 것이 아니라 잠시 중단됐다고 하는 것이 맞는 표현이다.

그 일로 몬스터 학자들 사이에서는 여러 가지 의견이

분분했다.

하지만 재식이 생각하기에는 당시 자신이 상대한 재앙급 보스 몬스터는 인간 못지않은 지능을 가지고 있었고, 그리하여 자신들이 인류를 압도하지 못한다는 것을 깨닫고는 정비를 하기 위해 일단 던전으로 돌아간 것 같았다.

물론 그것이 몬스터들에게 유리하게 작용할지, 아니면 인류가 몬스터들을 상대할 수 있는 시간을 벌게 되어 더욱 유리하게 작용할지는 아직 알 수가 없는 일.

이 때문에 재식은 조금이나마 인류가 더 유리하게 되길 바라는 마음이 생겨났다.

하여 이번 재앙급 몬스터 웨이브에 혁혁한 역할을 한 창 아티팩트를 전 세계에 만들어 공급하게 된 것이었다.

하지만 인류를 위해서라고 해도 무분별하게 그것을 찍어 낼 생각은 없었다.

언제나 수요와 공급이 맞아야 사고가 발생하지 않는다.

만약 재식이 몬스터 헌팅에 도움이 된다고 하여 아티팩트를 무분별하게 제작하여 뿌린다면, 분명 처음에는 원래의 계획대로 흘러가긴 할 것이다.

하나 몬스터의 숫자가 줄어들어 경쟁이 심해지게 된다면 얘기가 달라질 테다.

몬스터를 사냥하기 위해 제작한 아티팩트와 아이템들은 원래의 목적인 몬스터 사냥이 아닌 자신과 경쟁하는 헌터들을 상대하는 것으로 돌려질 것이 빤했다.

그러니 아티팩트와 아이템 등 몬스터를 상대로 큰 활약을 할 수 있는 장구류는 언제나 조금은 부족한 듯 공급할 계획이었다.

때문에 인류의 안전이 조금 위협받을 수는 있었다.

그렇다고 서로에게 칼끝을 향하게 만들지는 않을 것이다.

외부의 적이 있어야만 인간은 뭉칠 수 있을 테고, 그러한 위협이 없다면 인류는 서로에게 무기를 휘두르며 자멸을 할 것이 분명하다고 생각했기 때문이다.

이는 재식이 그냥 하는 생각은 아니었다.

인류가 역사를 기록하기 시작하면서부터 그 모든 내용은 전쟁과 내전으로 시작하고 끝이 났다.

많은 나라들의 권력자들이 자신의 영달을 위해 국가 권력을 잡으려는 과정에서 서로를 헐뜯고, 비방을 하고, 편 가르기를 해 왔지만, 막상 외세가 침공하면 싸움을 중단하고 힘을 합쳐 혹은 연대하여 외세에 맞섰다.

하지만 그러다가도 외세의 힘이 약해져 안전이 보장되면 또다시 이전처럼 싸움을 시작하였다.

아니, 그때는 더욱 치열하게 싸움하여 한쪽이 무너질 때까지 싸움을 벌였다.

그런데 결과는 양패구상이거나 아니면 이들 중 배신자가 나와 외세의 승리로 끝이 나는 경우가 허다했다.

하니 재식으로서는 인류가 가진 본능을 알기에 결코 과한 양의 아티팩트와 아이템을 공급하지 않을 생각이었다.

그래야 자신과 자신이 사랑하는 주변 사람들을 안전하게 지킬 수 있기 때문에.

또한 아티팩트는 자신에게도 위협이 될 수 있는 물건이었다.

그렇기에 아티팩트를 제작해 판매하더라도 자신에게 위협이 되지 않게 안전장치를 해 놓을 계획이었다.

물론 이것을 고깝게 생각할 사람도 있을 것이다.

하지만 이는 어느 나라나 마찬가지일 터.

자국의 안전을 위해 개발한 무기를 동맹이나 다른 나라에 팔 때 원래 개발한 무기의 위력을 그대로 판매하는 나라는 없다.

혹시나 모를 사태를 대비해 자국 군대가 사용하는 무기보다 성능이 떨어뜨려 판매한다.

그게 아무리 최우방이라 해도 말이다.

이런 이유로 재식도 자신에게 위협이 될 수 있는 아티팩트로부터 안전을 보장받을 수 있는 장치를 할 계획이었다.

물론 그렇게 한다고 해도 무조건 안전하다고 볼 수는 없었다.

대격변으로 지구에 몬스터가 출현하기 시작하면서 기존

에 있던 무기 체계의 효용성이 떨어지게 되었다.

그러다 보니 현재 인류가 개발하는 무기는 마치 시간을 회귀한 것처럼 냉병기가 주류가 되었다.

그러면서 실질적인 인류의 적인 몬스터로부터 생존을 보장받기 위해 단순해지고, 몬스터에 보다 많은 피해를 입힐 수 있는 구조로 바뀌었다.

그리고 부족한 부분은 몇몇 던전에서 발견되는 아티팩트로 보충했다.

전술도 이전처럼 나라와 나라 간의 전투가 아닌, 인간과 몬스터의 전투에 맞춰 전술도 단순해졌다.

인류의 현대전은 인간끼리의 전쟁에 전혀 맞지 않는 전술이 주를 이루게 되었고, 이전의 인해전술이 최고의 전술로 다시 나오게 되었다.

아무리 강력한 몬스터도 많은 숫자의 헌터들에게는 결국 레이드가 되었기에 때문이었다.

그리하여 인류는 비효율적인 이 인해전술을 최고이자 최후의 전술로 인식하고 있는 상태였다.

재식이 아무리 자신이 제작하는 아티팩트에 안전장치를 넣고, 그러한 아티팩트 열 개를 가뿐히 방비할 수 있게 된다 할지라도.

그것의 숫자가 백, 천, 만으로 늘어나게 되면 이를 장담하지는 못할 것이다.

물론 그 정도까지 가기 전에 재식이 다른 대책을 세울 테지만 말이다.

재식은 결코 본능만으로 움직이는 짐승이 아니었다.

그렇다고 적을 향해 맹목적인 분노를 품은 채 돌진하는 몬스터도 아니다.

몬스터보다 더 강력한 신체에 더해 인류에 손꼽히는 지능을 가지고 있었으며, 또 그 어느 각성자 이상의 능력을 가지고 있었다.

이러한 재식과 비슷한 존재가 있다면 신화 속, 신들을 향해 반기를 들고 신들의 역사를 종료시킨 라그나로크의 초인과도 같았다.

*　　　*　　　*

"이 정도면 되겠습니까?"

신천우는 50㎝ 길이의 창두를 들어 재식의 앞에 내밀며 물었다.

창두는 밝은 은회색을 띠는 금속으로 이루어져 있어 보는 것만으로도 절로 탄성이 일 정도로 신비감을 줄 법했다.

그런데 그 금속은 색뿐만이 아니라, 표면도 만만치 않았다.

매끄러운 표면에 동그라미와 선들이 어우러진 도형이 그

려져 있고, 또 그 안에는 알 수 없는 기호들이 새겨져 있어 이를 보는 것만으로도 하나의 예술품으로 느껴질 정도였다.

"흠, 잘 만들어졌군요."

밝은 은회색을 띠는 금속 표면에 새겨진 도형을 보던 재식은 한 치의 오차도 없이 정확하게 새겨진 마법진을 보며 입가에 슬그머니 미소를 지었다.

물론 마법진을 금속에 새긴 것은 인간의 손이 아닌 기계였고, 그렇기에 기기에 입력만 제대로 한다면 틀릴 이유가 전혀 없었다.

하지만 지금 재식이 들고 있는 창두를 이루는 금속은 단순한 금속이 아닌 마법의 금속인 미스릴이었다.

아티팩트를 만드는 데 절대적인 역할을 하는 금속이 미스릴이기에 이정도 크기의 미스릴을 구하는 것은 쉬운 일이 아니었다.

그리고 미스릴은 그 특성상 웬만한 온도에서는 녹지 않았다.

또한 표면 한 곳만 이렇게 세공하는 것도 결코 간단한 일이 아니기에 재식은 자신의 작업 지시를 완벽하게 구현한 일성 팩토리의 사장인 신천우와 그의 아들 신현식의 능력에 감탄했다.

물론 미국에서 사용한 창 아티팩트도 이들이 만들기는 했지만, 그때는 급히 제작을 의뢰하였기에 이렇게까지 정교하게 만들지는 않았다.

그도 그럴 것이, 100개가 넘는 창을, 그것도 미스릴이 함유가 된 합금으로 제작 의뢰를 한 탓에 최대한 단순하게 제작하였다.

그러다 보니 당시의 아티팩트는 지금 보고 있는 것보다 창두의 완성도가 높지 않았다.

하지만 이번에는 달랐다.

급히 제작하여 사용하는 것이 아니라 제대로 된 아티팩트를 만들기 위해 준비하는 것이니 철저히 하기로 했다.

다만 재식은 지금 제작하고 있는 창은 미국에 가져간 창과는 조금 다르게 제작하려고 하는 중이었다.

미국에서 사용한 창은 빠른 제작을 위해 미스릴과 텅스텐을 삼대 칠로 조합해 통짜 합금으로 주조했다.

그런데 헌터 협회와 손을 잡고 판매하려는 창 아티팩트는 보다 퀄리티를 높이기 위해 통짜 합금이 아닌 다른 방식을 사용했다.

바로 창두는 미스릴로, 창대는 강철로 구분하여 제작하기로 결정한 것이었다.

그렇게 되면 제작 단가는 내려가고 무기로서의 기능은 더욱 강화될 것이었다.

어차피 아티팩트에 들어가는 미스릴의 총량은 미국에 가져간 것이나 지금 제작하려는 것이나 같았다.

사실 이 미스릴을 구하는 비용이 만만치 않았다.

그렇기에 미국에 가져간 것도 어쩔 수 없이 합금으로 제작한 것이었다.

지금 창두만 미스릴로 제작하는 이유도 아티팩트에 마법진 하나를 더 추가하기 위해서였다.

기존보다 마법진을 더 새기기 위해선 미스릴의 함량을 높여야 하는데, 그렇게 하면 창 아티팩트의 제작 단가가 너무 높아져 수량을 맞추기가 힘들어진다.

미스릴은 지구상에 자연적으로 발견되는 것이 아니라 게이트 브레이크로 던전에서만 아주 가끔 발견되기 때문이었다.

물론 한국에서만 찾자면 힘들지만, 전 세계적으로 보자면 미스릴은 그럭저럭 생산되기는 했다.

하지만 이것을 한국으로 들여오는 것은 또 다른 문제였는데, 미스릴의 사용처가 상당히 다양하기 때문이다.

굳이 마법 인챈트가 아니더라도 그 특성 때문에 몬스터를 상대하는 헌터들의 무기를 만드는 데 유용하게 쓰이고 있으며, 또 전기의 전도율이 높아 전기 속성의 장비를 제작하는 데 사용되기도 했다.

그도 그럴 것이, 전기의 전도율이 귀금속인 은보다도 높아 전력의 손실이 거의 없는 탓에 과학자들에게 꿈의 금속으로 불릴 정도다.

물론 발견되는 양이 많지 않아 너무 고가여서 많은 양이 사용되지는 않았지만, 그만큼 사용처도 많아 수요를 늘 충족시키지 못하는 상황이었다.

 그렇기 때문에라도 한국이 미스릴을 수입하려고 하면 어떤 핑계를 대서라도 막을 것이 분명했다.

 그러니 재식이나 한국의 헌터 협회가 미스릴을 대량으로 수입하려고 해도 구하기 힘든 상황이었다.

 그리하여 어쩔 수 없이 아티팩트의 제작은 창두와 창대를 다른 재료로 이원화하여 제작하기로 한 것이다.

 미스릴 창두에는 총 세 개의 마법진이 들어가는데, 첫 번째는 프로즌 마법으로 이름처럼 주변에 차가운 냉기를 뿜어내는 마법이다.

 두 번째 마법은 스트랭스 마법으로 이는 아티팩트인 창을 먼 거리에 있을 몬스터를 향해 던져야 하기 때문이었다.

 마지막으로 남은 마법은 무기로서 보면 아무런 쓸모가 없는 마법이었다.

 하지만 이는 아주 중요한 것으로, 만약 창이 재식이나 재식의 지인에게 겨눠질 때를 대비한 대책으로 새겨 넣은 마법이었다.

 바로 아티팩트의 기능을 정지시키는 마법이 새겨진 것이었다.

 이러한 내용은 경매를 하기 전 사전에 공개할 예정이었다.

재식뿐만 아니라 아티팩트가 몬스터가 아닌 인류를 향해 거꾸로 겨눠지는 것을 사전에 봉쇄하기 위한 조치였다.

이에 김중배 협회장이나 헌터 협회 간부들은 처음에는 이러한 재식의 말을 이해하지 못했지만, 설명을 자세히 듣고 난 뒤로는 이해를 하려 노력했으며, 이내 인정하게 되었다.

이것은 당연한 일이었다.

5등급 이상의 몬스터에게도 통하는 무기인데, 만약 그것이 한국의 헌터들에게 겨눠진다면 결과는 말하지 않아도 빤했다.

더욱이 헌터를 상대로 범죄를 저지르는 빌런들도 많이 활동을 하고 있었다.

그들의 수중에 만약 이러한 아티팩트들이 들어가게 된다면 끔찍한 일이 벌어질 것이었고, 빌런을 붙잡기 위해 출동한 헌터 협회의 감찰 헌터들 또한 안전이 크게 위협 받을 터.

그렇기에 김중배 협회장이나 간부들도 수긍을 하게 된 것이었다.

"아주 좋네요. 그럼 창대를 볼 수 있을까요?"

재식은 창두의 상태가 아주 마음에 들자, 이번엔 몸체인 창대를 보기로 하였다.

창두에 비해 중요도는 조금 떨어지기는 하지만, 그래도

하나의 아티팩트가 되기 위해선 창두와 창대 모두가 필요했다.

"네. 잠시만 기다려 주십시오."

신현식은 대답을 하고서 얼른 한쪽에 놓인 창대를 가져왔다.

강철로 제작된 창대는 1.5m 정도 길이의 봉이었다.

한쪽 끝에는 다섯 개의 작은 홈이 있었는데, 그곳은 바로 하급 마정석이 들어갈 자리였다.

즉, 창두에 그려진 마법진에 마력을 공급하는 역할이었다.

"잘 만들어졌네요."

재식은 창두에 이어 창대를 확인하고는 만족스러운 미소를 지으며 말했다.

그런데 창대를 가져온 신현식이 잠시 머뭇거리는 모습을 보였다.

이에 재식은 그가 자신에게 무슨 할 말이 있는 듯 보여 물었다.

"제게 무슨 할 말이 있나요?"

재식에게 할 말이 있어 머뭇거리던 현식은 재식이 먼저 물어오자, 잠시 머뭇거리다 대답을 하였다.

"그게 길드장님께서 저희에게 주문 의뢰를 한 이 창의 용도가 던지는 투창용인 것으로 보이는데……."

"네, 맞습니다. 원거리에서 보다 안전하게 몬스터를 상대하기 위해 고안한 것입니다."

재식은 현식이 하려는 질문에 바로 대답을 들려주었다.

그러자 이를 듣고 있던 현식이 조심스럽게 자신의 의견을 이야기하였다.

"그렇다면 이렇게 하는 것은 어떻겠습니까?"

오래 전부터 자신이 생각하던 던지기용 창에 대해 설명을 하였다.

그와 함께 오래 전 원시인이나 호주의 원주민들이 빠른 사냥감들을 사냥하기 위해 원거리에서 창을 던질 때 사용하던 보조 기구에 대한 설명도 곁들었다.

"아, 그렇게 하면 효율이 상당이 늘어나겠군요!"

재식은 현식의 설명을 듣고 자신이 놓치고 있던 것을 떠올리게 되었다.

자신이 갓 중급 헌터가 되고, 또 성신 길드에서 쫓겨났을 때 잠시 사용한 적이 있던 그것을 말이다.

그러자 그의 머릿속에는 조금 전 현식이 들려준 이야기와 그것을 응용할 방법들이 빠르게 지나갔다.

"이거 죄송한데 다시 제작해야 할 것 같습니다."

재식은 방금 현식의 말을 듣고 떠올린 아이디어를 일성 팩토리의 사장인 신청우에게 설명하며 새롭게 제작될 창에 대해 들려주었다.

한편 자신의 의견이 이렇게 쉽게 받아들여지게 된 것에 신현식은 너무나 기뻐하며 얼굴이 붉게 상기되었다.

국내는 물론이고, 전 세계적으로 유명한 최고의 헌터인 재식으로부터 칭찬을 받았다는 사실에 기뻐한 것이었다.

헌터 중 최고라 할 수 있는 S등급 헌터가 자신의 아이디어를 적극 수용해 준 것은 헌터용 무기를 디자인하고 제작하는 제작자에게 영광이라 할 수 있는 일이었다.

물론 그 때문에 며칠간 작업을 한 프로토타입이 폐기 처분을 당하기는 했지만, 더 좋은 방향으로 새롭게 제작하게 되었기에 공방 입장에서는 나름 나쁘지 않은 일이다.

아니, 나름이 아니라 그만큼 더 좋은 무기가 나오는 것이니 공방 입장에선 상당히 좋은 일이라 할 수 있었다.

어차피 프로토타입이란 것이 본 제품을 양산하기 전 테스트를 하기 위해 만드는 표본이었다.

더욱 완벽한 상품을 만들기 위해 최고의 기술을 넣어 만들어야 했다.

테스트를 통해 뺄 것은 빼고, 또 넣을 것은 더욱 첨가하여 양산에 필요한 제품을 만들어 가는 시험작.

그 이상도 이하도 아니다.

비록 폐기되었다고는 하지만, 더욱 나은 제품이 탄생함으로 인해 프로토타입은 그 역할을 다한 것이었다.

사실 프로토타입으로 만든 창도 그 외형이나 균형감은 나쁘지 않았다.

아니, S등급 헌터의 까다로운 주문을 통과한 제품이라 그런지, 그 자체만으로도 상품으로서 썩 좋은 품질을 가지고 있었다.

창두의 형태나 길이 그리고 창대의 균형 등을 생각하면 가히 최고라 칭할 정도였으니 말이다.

다만, 던지기용 창이라는 것을 생각하면 좀 더 발전할 수 있는 부분이 있어 채용을 하지 않은 것뿐이었다.

*　　　*　　　*

시간이 지나고 재식은 다시금 일성 팩토리를 찾았다.

신현식에게서 연락이 왔기 때문이다.

공방의 문이 열리자마자 신현식은 상기된 얼굴로 창을 들이밀었는데, 그러한 열정에 재식도 쓱 미소가 튀어나왔다.

"이 정도면 어떻겠습니까?"

처음 만든 창대와 비교하면 지름이 조금 줄어든 형태를 취하고 있었다.

그리고 창의 가장 밑부분에는 작은 홈이 파여 있었는데, 그곳에 고리를 걸어 창 발사기에 장착시키면 직접 손으로 던지는 것보다 더욱 강하고 사거리가 길어졌다.

이런 무기는 아주 고대로부터 고안되어 내려오는 것이었다.

한데도 무슨 첨단 기술을 사용한 것처럼 아주 강력한 위력을 보여 주었다.

원주민들이 쓰는 원래의 던지기용 창은 180㎝ 정도였고, 1m 길이의 창 발사기에 끼워 던지면 되는 간단한 구조였다.

하지만 그 용도가 몬스터를 상대하기에는 다소 작은 느낌이 들어 재식은 그것의 크기를 좀 더 키우기로 하고, 창두까지 결합한 창의 최종 크기를 2.5m 정도로 결정하였다.

그 이유는 이 창을 사용할 헌터들 때문이었다.

그들은 주로 유전자 시술로 체력과 힘이 강한 시술 헌터이거나 각성 헌터 중 속성이 아닌 육체 강화형 헌터들이 사용할 무기이기 때문이었다.

이들은 일반인에 비해 월등한 신체 능력과 힘을 보유하고 있었다.

그렇기에 창의 크기가 원형보다 크다고 해도 충분히 균형을 잡고, 먼 거리에 떨어진 몬스터에게 대미지를 줄 수 있을 것이라 생각했다.

재식은 미국에서 사용한 창도 이와 비슷한 크기의 창인 것을 떠올리며, 아마 이전보다 더 강력한 무기가 나오지 않을까 예상하였다.

하지만 한 가지 걸리는 것이 있었다.

"흠, 전반적으로 좋기는 한데, 좀 가벼운 느낌이 드는데……."

전에 보았던 프로토타입보다 지름이 줄어든 탓에 조금 무게감이 떨어졌기 때문이었다.

재식은 개량된 창을 들고 잠시 생각에 잠겼다.

무기의 무게 또한 중요한 요소 중 하나였다.

투사 무기의 무게가 좀 더 무겁다면, 그 무게만큼 대미지도 늘어나기 때문이었다.

그러니 프로토타입보다 무게가 약간 줄어든 이번 버전을 선뜻 채택하기가 꺼려졌다.

"그럼 이렇게 하는 것은 어떻겠습니까?"

현식은 재식의 이야기를 듣고 다시 개선할 점을 이야기하였다.

그가 한 말은 창대의 지름을 뒤로 갈수록 살짝 커지게 하자는 것이었다.

그렇게 되면 창대는 원기둥이 아닌 원뿔과 같은 형태로 바뀌게 된다.

그리고 원뿔과 같은 형상이 되면 창을 던지고 목표에 타격되었을 때, 창이 가진 운동에너지가 창촉의 끝에 몰리게 되면서 관통력이 극대화될 것이었다.

그렇게 된다면 목표의 표면을 보다 깊이 뚫고 들어갈 수 있게 될 터였다.

물론 장점만 있는 것은 아니었다.

대신 발사기에 걸어 던지는 것에 좀 더 숙련도가 필요하게 될 것이다.

하지만 이를 들은 재식은 그 의견이 썩 나쁘지 않다고 생각했다.

"좋은 생각입니다."

창대의 형태를 살짝만 바꿔, 무기가 가진 효과를 극대화할 수 있다는 점에서 무척이나 마음에 들었다.

이 창의 핵심은 관통력에 있었다.

몬스터의 몸에 박히기만 하면 창두에 인챈트한 마법의 효과가 발동하기 때문이었다.

"우선 만들어진 것으로 테스트를 해 봐야 하겠지만, 그 아이디어는 좋군요."

재식은 그렇게 현식이 내놓은 아이디어를 또다시 채택했다.

일단 테스트를 하는 것이니, 창대만 새로 만들면 되기에 시간은 그리 오래 걸리지 않을 것이다.

"우선 창두는 전에 이야기한 것처럼 이렇게 만들어 주시고, 발사기에는 이런 형태의 무늬를 새겨 주십시오."

재식은 새롭게 개선할 점을 공방의 사장인 신천우에게 이야기하고 테스트용으로 열 개의 창을 선주문했다.

"알겠습니다."

주문을 받은 신천우는 재식에게 고개를 숙여 보이며 대답하였다.

＊　　　＊　　　＊

재식은 새롭게 뽑은 길드원 다섯 명을 데리고 오랜만에 북한산 몬스터 필드를 찾았다.

일성 팩토리에 창 아티팩트를 의뢰한지도 벌써 2주가 지난 시점이었다.

그사이 재식은 나름 바쁜 시간을 보냈는데, 그중 가장 심력을 기울인 것이 새로운 길드원을 뽑는 일이었다.

언체인 길드는 미국에 다녀오면서 소속된 헌터들의 실력이 일취월장하면서 균형이 무너져 버렸다.

100여 명이나 되는 헌터 전원이 6등급 이상의 헌터가 되면서 이들을 받쳐 줄 5등급 이하의 헌터가 없어져 버린 탓이었다.

이 때문에 언체인 길드는 급하게 헌터를 모집하기 시작했다.

물론 그렇다고 해도 무분별하게 헌터를 모집한 것은 아니고, 여러 방면으로 알아본 뒤 인성이 괜찮은 헌터 위주로 길드원을 받았다.

그러다 보니 아직 많은 숫자의 헌터를 받지는 못했지만,

그래도 어느 정도 모양새는 잡을 수 있게 되었다.

그렇게 뽑은 길드원을 데리고 일성 팩토리에 의뢰한 창을 테스트하기 위해 이곳을 찾았다.

이들은 다들 중급 헌터가 갓 된 자들이었는데, 고위 헌터가 된 기존의 길드원들에게 창을 들려줘 봐야 제대로 된 테스트가 되지 않기 때문이었다.

이제는 고위 헌터가 된 기존 길드원은 아이템이나 아티팩트 없이 맨손만으로도 이곳 북한산 몬스터 필드에 나오는 5등급 몬스터 정도는 충분히 사냥이 가능했다.

그러다 보니 창의 성능을 실험하기 위해 어쩔 수 없이 이제 겨우 4등급 헌터가 된 신입들을 데리고 이곳을 찾게 된 것이었다.

"하차!"

북한산 몬스터 필드 입구에 도착을 하자, 재식은 곧장 뒤에 타고 있는 헌터들에게 내리라는 지시를 하였다.

재식의 지시에 헌터들은 긴장된 표정으로 차에서 내렸다.

그러고는 차량의 한쪽에 일렬로 도열하였다.

그들의 표정은 딱딱하게 굳어 있었는데, 오늘 할 일이 무척이나 중요한 일이란 것을 들어 상당히 긴장한 탓이었다.

딱히 그게 아니라도 이곳 북한산 몬스터 필드에 대한 정보를 알기에 긴장되는 것은 어쩔 수 없는 일이었다.

그럴 수밖에 없을 것이, 이곳 북한산 몬스터 필드는 이제 겨우 4등급 헌터가 된 이들이 올 만한 사냥터가 아니었다.

더욱이 그들은 겨우 다섯 명이었다.

4등급 헌터 다섯 명이서 북한산 몬스터 필드에 온다?

여느 헌터들이 들으면 자살이라도 한다고 생각할 일이었
다.

그럼에도 이들은 이곳에 올 수밖에 없었다.

길드에서 오늘 중요한 테스트를 하려고 한다는 것을 알고
있었기에 긴장을 하면서도, 또 한편으로는 길드에서 자신들
을 꼭 필요로 한다는 생각에 고무되어 기분이 좋은 것이었
다.

이렇게 긴장과 흥분이 동반된 상태로 이들은 길드장인 재
식 앞에 도열했다.

이러한 길드원들의 모습을 본 재식은 순간적으로 처음 자
신이 헌터가 되었을 때가 떠올랐다.

당시의 가진 긴장과 흥분은 이제는 찾아볼 수가 없게 되
었지만, 어떤 기분인지는 너무나도 잘 알고 있었다.

"너무 긴장들 하지 마세요. 출발 전에 이야기한 것처럼
오늘 나눠 주는 무기 테스트만 마치면 바로 돌아갈 것입니
다."

아무리 좋은 무기를 들려주어도 몬스터 헌팅은 언제나 위
험했다.

이는 헌터들의 신체 능력이 몬스터보다 열세이기 때문

이었다.

그 때문에 헌터는 언제나 자신의 능력을 객관적으로 볼 필요가 있었다.

아무리 성능이 좋은 방어구와 무구를 보유하고 있다고 하지만, 적정 레벨 이상의 사냥터에 들어가는 것은 지양되어야 했다.

튼튼한 방어구도 몬스터의 공격에서 100% 안전을 보장해 주지는 않기 때문이다.

그렇기 때문에 헌터는 파티를 이루고, 자신의 등급과 레벨에 맞는 사냥터에 들어가 사냥감을 찾았다.

그럼에도 불구하고, 언제나 부상자가 발생했다.

그러니 새로운 아티팩트를 테스트하기 위해 이곳을 찾았다고는 하지만, 굳이 오랜 시간 몬스터를 사냥시킬 생각은 없었다.

덜컹!

재식은 이야기를 마치고, 차 지붕에 설치된 캐리어를 열었다.

그곳에는 2.5m 길이의 창과 1m 정도 되는 갈고리가 달린 금속 막대가 놓여 있었다.

그것은 일성 팩토리에 주문한 창과 발사기였다.

"한 명씩 나와 창 두 자루와 발사기 하나를 드십시오!"

"예!"

재식의 지시가 떨어지기 무섭게 대답한 헌터들이 한 명씩 차례로 캐리어에서 창과 발사기를 꺼내 들었다.

　이곳에 오기 전 길드 본부에 있는 훈련장에서 이 무기에 대한 훈련을 받은 탓에 나름 익숙했다.

　지시한대로 창과 발사기를 집어 드는 것을 지켜본 재식이 이내 이들을 데리고 북한산 몬스터 필드로 들어가는 게이트로 향했다.

　간단한 절차를 마치고 재식과 다섯 명의 신입 헌터는 북한산 몬스터 필드 안으로 들어갔다.

　저벅저벅.

　재식과 헌터들은 평소와 다르게 별달리 경계하지 않으며 몬스터 필드 안을 걸었다.

　재식이야 이제는 기감으로 주변에 무엇이 있는지 알 수 있기에 그런 것이고, 헌터들은 자신들을 인솔하는 길드장의 실력을 믿기에 경계를 하지 않는 것이었다.

　어떻게 보면 헌터로서 실격이나 다름이 없는 일이었지만, 어차피 이곳에 이들을 데려온 목적은 창에 대한 성능 테스트였기에 재식도 이러한 헌터들에게 딱히 뭐라 하지는 않았다.

　그렇게 얼마를 걸었을까.

　재식의 기감에 무언가 포착되었다.

　"정지."

재식의 말이 떨어지기 무섭게 헌터들은 멈춰 서 주변을 살폈다.

그것만 봐도 헌터들이 어느 정도 헌터로서 자질을 갖추고 있는 것을 느낄 수 있었다.

'그런대로 자질은 있는 것 같네.'

조금 전 긴장감 없이 자신을 따르던 헌터들이 멈추라는 말에 신속하게 기척을 죽이며, 주변을 경계하는 모습에 재식은 이번 헌터 모집이 잘 되었음을 느꼈다.

재식은 속으로 미소 지으며 헌터들에게 하나하나 지시를 내렸다.

"열 시 방향으로 500m 떨어진 곳에 와일드 보어 무리가 있다."

'헉!'

재식의 말에 이를 듣고 있던 헌터들은 깜짝 놀랐다.

일이백도 아니고, 무려 500m나 떨어진 곳에 있는 몬스터를 파악했다는 소리에 놀란 것이었다.

하지만 자신이 속한 언체인 길드장인 재식은 일반적인 고위 헌터가 아닌 무려 S등급의 헌터였다.

그렇기에 헌터들은 그 말에 놀라면서도 수긍을 하며 긴장의 끈을 더욱 조였다.

"200m까지 빠르게 접근한다."

재식은 그렇게 헌터들에게 지시를 내리고는 빠르게 걸었다.

이에 헌터들은 다리에 마력을 보내며 빠르게 뛰기 시작했다.

길드장인 재식이야 조금 빠르게 걷는 수준이었지만, 이제 겨우 4등급 헌터에 들어선 헌터 다섯은 가슴에 새긴 마력진에서 마력을 쥐어짜며 뛰어야만 쫓을 수 있는 속도였다.

타다다다!

비록 이들이 4등급으로 겨우 중급에 들어선 헌터이기는 하지만, 언체인 길드에 가입하면서 마력진을 시술받았고, 이들은 일반적인 4등급 헌터와는 달라진 상태였다.

더욱이 마력진에 익숙해지기 위해 길드의 훈련장에서 피땀을 흘리며 훈련한 때문인지, 이들이 달리는 속도는 이들보다 등급이 높은 5~6등급 헌터들이 최고 속도로 달리는 것 못지않게 빠르면서도 안정적이었다.

"정지."

앞서 걷던 재식이 자신을 따라오는 헌터들을 향해 명령을 내렸다.

어느새 와일드 보어 무리와 200m 정도 떨어진 곳에 도착한 것이다.

"잠시 숨을 고르고, 투창 준비를 한다."

재식의 지시가 떨어지자, 헌터들은 조용히 숨을 몇 번 고르고는 곧바로 등에 메고 있던 창과 발사기를 꺼냈다.

그러면서 이들은 한데 뭉치지 않고, 다른 사람에게 방해가 되지 않게끔 2~3m 정도 떨어져 진형을 꾸렸다.

너무 가까이 붙어 있다가 동료의 행동에 방해가 될 수도 있기 때문이었다.

'좋아.'

그걸 조용히 지켜본 재식은 길드에 들어온 지 얼마 되지 않았음에도 배운 대로 착실히 행동하는 헌터들의 모습이 기꺼웠다.

그러면서도 재식은 목표인 와일드 보어의 움직임을 예의 주시했다.

현재 바람의 방향은 이들의 정면에서 불어오고 있어 몬스터인 와일드 보어들은 이들이 있는 것을 아직까지는 파악하지 못하고 있었다.

타이밍을 재던 재식은 막 와일드 보어들을 공격하라는 명령을 내리려 했다.

한데 순간적으로 기감에 포착되는 무언가를 느꼈다.

'뭐지?'

와일드 보어와는 달랐다.

뭔가 날카롭고, 정제되지 않은 살기에 재식은 저 멀리 와일드 보어의 뒤쪽에 기감을 집중했다.

이내 그 살기의 주인이 누구인지를 깨달았다.

'트롤이군. 잘됐어. 와일드 보어만으로는 조금 아쉬운 감이 있었는데.'

와일드 보어를 먹잇감으로 노리고 있는 트롤의 등장에 재식은 속으로 기뻐하였다.

와일드 보어가 4~5등급 사이의 몬스터라 하지만, 재식으로서는 자신이 제작한 창 아티팩트의 성능 테스트하는 데에는 그리 만족스러운 표적이라고는 생각하지 않고 있었다.

그런데 우연히도 와일드 보어의 뒤로 트롤이 등장한 것이다.

트롤 또한 와일드 보어와 같은 4~5등급 몬스터이기는 하지만, 확실히 와일드 보어보단 상위종이었다.

그러니 이제 겨우 4등급 헌터인 이들에게 아주 위험했고, 그만큼 아티팩트의 위력을 알아볼 아주 적당한 타깃이라 할 수 있었다.

"와일드 보어 뒤로 트롤 한 마리 등장. 세 명은 원래대로 와일드 보어를 타깃으로 하고, 두 명은 새롭게 등장한 트롤을 잡는다."

재식은 빠르게 새롭게 변한 상황을 길드원들에게 알렸다.

그러자 다섯 명의 헌터들은 빠르게 이에 적응하고 자체적으로 각자 맡을 목표를 정했다.

"재정, 민혁, 창정이는 와일드 보어, 그리고 나와 민수는 트롤을 잡는다."

다섯 명 중 리더인 김명수가 팀원들에게 각자 잡을 타깃을 지시했다.

"민수는 내가 먼저 트롤을 공격한 뒤 트롤의 반응을 보고 공격한다. 알겠지?"

명수의 최종 지시에 민수가 조용히 대답하였다.

"네."

빠르게 지시와 목표 설정을 하고, 또 그에 대응하는 헌터들의 모습에 훈련이 잘된 것을 느낄 수 있었다.

그렇게 재식이 헌터들의 반응 하나하나 느끼고 있을 때, 전방에서 와일드 보어를 덮치는 트롤의 모습이 포착되었다.

그리고 이와 동시에 헌터들이 발사기를 이용해 창을 표적에 던지는 모습도 보였다.

휙! 휙!

5. 미국의 준비

오후 2시 김중배 협회장은 비서와 함께 언체인 길드에서 운영하는 혜산의 엘리멘탈리스트 아카데미에 왔다.

　　그가 이곳에 온 이유는 다름 아닌, 재식과 손잡고 벌이는 아티팩트 판매 사업의 진행을 알아보기 위해서였다.

　　어제 오후, 늦은 시간 개량된 창 아티팩트를 시험한 결과를 전달받았다.

　　겨우 4등급밖에 되지 않는 헌터 다섯을 데리고 창을 시험하였다.

　　한데 더욱 놀라운 사실은 이들이 최소 단위인 파티로, 무려 중급 사냥터로 알려진 북한산 몬스터 필드에 들어가 시험을 했다는 것이다.

물론 안전을 위해 인솔자로 국내 최정상 헌터라 할 수 있는 S등급 헌터인 재식이 함께 따라나섰다.

하지만 김중배 협회장으로서는 이제 겨우 헌터로서 활동할 준비가 된 이들을 데리고 중급 사냥터인 북한산 몬스터 필드에 갔다는 것이 황당했다.

그런데 어처구니없게도 너무나도 성공적인 결과가 나왔다.

이제 겨우 30레벨이 된 헌터 다섯 명이서 4등급 몬스터인 와일드 보어 다섯 마리와 5등급 몬스터인 트롤 한 마리, 그리고 무려 6등급에 근접한 오거 한 마리까지 사냥하였다.

이에 김중배 협회장은 길드장인 재식이 사냥을 돕지 않았을까 하는 의심이 들 정도였다.

하지만 헌터의 몬스터 사냥은 착용하고 있는 헌터 브레슬릿에 기록되기에 이를 속일 수는 없었다.

실제로 재식은 협회에 소식을 전한 뒤 다섯 명의 헌터들과 자신이 착용하고 있던 헌터 브레슬릿의 데이터를 보내기까지 했다.

그렇게 하여 몬스터 사냥은 전적으로 다섯 명의 헌터들이 하고 자신은 그 곁에서 감독만 한 것을 증명했다.

그 뒤로 김중배 협회장은 재식이 제작한 아티팩트를 직접 보지 않고서는 잠을 잘 수가 없을 정도로 궁금증이 치밀어

올랐다.

4등급 헌터가 트론은 물론이고, 오거까지 잡다니.

그러한 믿을 수 없는 소식 때문에 꼬박 하룻밤을 뜬눈으로 지세우고는 날이 밝자마자 협회로 출근했다.

이후, 김중배 협회장은 급히 처리해야 할 업무만 간단하게 결제를 하고서 2차 시험을 하는 이곳 혜산으로 날아온 것이었다.

협회 소속 헬기가 아카데미에 마련된 헬리포트에 내렸다.

"안녕하십니까?"

헬리콥터에서 내린 김중배 협회장이 나오자, 미리 소식을 접하고 대기하던 김주성이 그를 맞았다.

"총장 반갑습니다."

김중배 협회장은 자신을 맞이하는 김주성을 보고 악수하였다.

한동안 정령을 각성한 이들의 보호자들의 시위 때문에 곤욕을 치르기도 했다.

하지만 재식이 이곳에 정령사들을 양성하는 아카데미를 설립하고, 그들을 수용한 덕분에 무사히 넘길 수 있었다.

그러면서 아이들을 가르치는 곳의 책임자로서 당시 5등급 막바지에 있던 김주성이 다른 간부들을 대신해 아카데미 총장의 자리에 앉게 되었다.

그가 총장직을 맡게 된 아카데미 개관식에서 김중배 협회

장이 참석하였고, 그렇게 둘은 그곳에서 처음으로 인사를
나눴다.

그리고 난 뒤 이번에 다시 만난 탓인지, 둘은 반가운 표
정을 드러내며 악수를 하고 있었다.

"참 고생이 많습니다."

김중배 협회장은 자신을 맞아 주는 주성을 보며 그렇게
치하하였다.

"아닙니다. 뭘 또 고생까지야. 아이들이 착해서 제 말을
잘 따르는 편입니다. 하하하."

지금은 아이들을 가르치느라 몬스터 헌팅을 나가지 않고
있지만, 어찌되었든 헌터이기도 하기에 김중배 협회장의 격
려에 밝게 웃으며 겸양을 떨었다.

"그런데 총장도 그것을 보았나요?"

김중배 협회장은 재식이 기다리는 아카데미 본관으로 걸
어가면서 함께 걷고 있는 주성에게 물었다.

"예. 상당한 놈이더군요."

아직은 주변에 아이들이 있어 직접적으로 이름을 내뱉고
있진 않았지만, 주성은 김중배 협회장이 지금 무엇을 물어
보는지 알고 있다는 듯이 대답했다.

"그렇습니까? 저야 그저 말만 전해들은 상태라, 아직 실
물을 눈으로 보지 못했는데, 총장께서는 어떻게 보셨습니
까?"

"사용하는 데 익숙해지기만 하면 아주 강력한 무기가 될 것 같습니다. 한데 저도 사용은 해 보지 못해서……."

주성은 언체인 길드에 들어와 길드장인 재식이 제작한 아티팩트를 무수히 사용해 보았다.

그렇게 그동안 사용해 본 아티팩트들도 하나같이 놀라웠지만, 이번에 만든 창은 도저히 비교 불가의 가공할 만한 위력을 가지고 있었다.

주성은 언체인 길드원들이 길드장인 재식과 함께 재앙급 몬스터 웨이브를 막는 모습을 TV로 지켜보면서 짙은 아쉬움을 감추지 못했다.

자신의 동료들이 새롭게 제작된 아티팩트를 사용해 6등급 이상의 몬스터들을 단숨에 제압하는 모습을 보면서 무척이나 놀랐는데, 그런 현장에 함께하지 못한 것이 안타까웠기 때문이다.

하지만 자신마저 미국으로 가 버리면, 이곳에 남은 아이들은 어떻게 할 것인가.

하여 주성은 동료들과 함께하고 싶은 욕망을 눌러 참을 수밖에 없었다.

그러면서도 한편으로는 동료들이 사용한 아티팩트를 들고 전투에 나서보고 싶다는 욕망이 가슴 한 귀퉁이에 남아 있었다.

그런데 재식이 새롭게 헌터 협회와 합작하여 사업을 벌이게 되었다.

그 사업의 주 상품은 미국에서 사용한 아티팩트를 개량한 창.

이에 주성은 자신도 그것을 하나 구입하고 싶다고, 재식에게 넌지시 이야기하였다.

하지만 아직 시험 단계라 조금 더 기다려야 한다는 답을 받았다.

재식이 그렇게까지 말하면 어쩔 수 없기에 주성은 욕심을 낼 때가 아님을 깨닫고 뒤로 미루었다.

그 때문에 아티팩트 테스트를 하기 위해 이곳에 도착한 헌터들이 창을 들고 있는 것을 보면서 입맛을 다실 수밖에 없었다.

그런데 그런 심정도 모르고, 김중배 협회장이 주성에게 창에 대해 물어온 것이다.

그러지 않아도 주성도 상당히 기대하고 있기에 김중배 협회장의 물음에 말꼬리를 흐릴 수밖에 없었다.

"허허, 정말 궁금합니다."

궁금이 치솟은 김중배 협회장의 발걸음이 더욱 빨라졌다.

* * *

한편 헌터 협회장이 2차 시험을 하기 위해 이곳 혜산으로 온다는 소식을 접한 재식은 어쩔 수 없이 시험 시간을 늦출 수밖에 없었다.

"곧 협회장님이 이곳으로 오신다고 하니, 2차 시험은 조금 뒤로 미루겠습니다."

"알겠습니다."

재식의 앞에 서 있는 다섯 명의 헌터들은 기합이 잔뜩 든 목소리로 우렁차게 대답하였다.

그도 그럴 것이, 이제 겨우 중급에 들어선 자신들을 보기 위해 무려 헌터 협회장이 직접 이곳으로 온다고 하니, 당연히 목소리에 기합이 들어갈 수밖에 없었다.

더욱이 어제 자신들이 사용한 무기는 지금까지 들어온 것을 한참이나 뛰어넘는 엄청난 것이었다.

이제 겨우 30레벨의 중급 헌터가 된 자신들이다.

그런데 길드에서 준비해 준 무기를 들고 중급 사냥터인 북한산 몬스터 필드에 들어가 몬스터 사냥을 하였다.

그것도 평소 상대하던 고블린이나 놀 등이 아닌 그보다 등급이 높은 와일드 보어나 트롤이었다.

사실 와일드 보어까지는 등급이 같으니, 레벨이 낮더라도 무기가 좋다면 그럭저럭 잡을 수는 있었다.

하나 그보다 상위종인 트롤은 정말이지 아무리 좋은 헌터용 무기라 해도 그들로서는 죽다 깨어나도 잡을 수 없는 몬스터였다.

중급 헌터가 트롤을 사냥하기 위해서는 지금보다 더 레벨을 올려야 하는 것은 물론이고, 또 헌터의 숫자도 지금보다 두 배는 더 많아야 했다.

물론 무기와 방어구는 당연히 최상의 것이어야만 가능한 이야기다.

그럼에도 불구하고, 트롤을 상대하다 보면 사상자가 나온다.

이는 선배 헌터들에게 듣고, 헌터 협회에서 헌터 라이선스를 수령할 때도 듣는 주의 사항이었다.

그만큼 헌터들이 조심해야 할 몬스터 중 하나가 트롤인 것이다.

그런데 이제 겨우 중급 헌터로 들어선 자신들이 다 자란 성체 트롤을 사냥하였다.

불과 하루 전에 사냥했으면서도 이들은 그것이 꿈만 같았다.

*　　　*　　　*

다섯 명 중 파티장 역할을 하는 명수는 다른 세 명이 와일드 보어를 향해 창을 던지기를 기다렸다.

휘익—

이내 세 개의 창이 허공을 갈랐다.

그 모습을 바라본 명수는 트롤이 와일드 보어를 덮치기 전에 먼저 창을 날렸다.

쎄액—

창 발사기에서 발사된 창은 날카로운 소성을 내며 공기를 갈랐고, 이내 목표를 향해 날아갔다.

퍽! 퍽! 퍽!

먼저 던진 세 개의 창이 와일드 보어의 몸에 정확하게 꽂혔다.

꾸웨엑!

창에 맞은 와일드 보어들은 아주 짧은 단발마와 함께 제자리에서 펄쩍뛰다가 그 자리에 쓰러졌다.

하지만 김명수가 던진 창에 맞은 트롤의 반응은 와일드 보어와는 달랐다.

크헉!

트롤도 김명수가 던진 창에 맞아 비명을 지르는 것은 같았지만, 그 자리에서 즉사하지는 않았다.

와일드 보어의 경우에는 질긴 가죽과 단단한 근육을 가진 탓에 창두가 관통하지 않고 몸에 틀어박히면서 내부가 마법에 의해 얼어붙은 것이었다.

반면에 트롤은 질긴 가죽을 가지고는 있지만, 와일드 보어에 비해 근육이 그리 단단하지 못했다.

하여 김명수가 던진 창은 트롤를 그대로 관통해 버렸다.

관통상을 입기는 했지만, 와일드 보어처럼 내부에 피해를 입지 않은 탓에 치명상을 입지 않게 된 것이다.

보통의 몬스터라면 관통상은 치명상이라 할 수 있었지만, 트롤이 괜히 중급 헌터들이 잡기 까다로운 몬스터가 아니었다.

놈들은 오히려 관통상의 경우에 크게 대미지를 입지 않고, 금방 회복을 하기 때문이었다.

그렇기 때문에 김명수가 던진 창이 관통한 것을 확인한 순간 대기하고 있던 김민수가 뒤이어 준비한 창을 트롤에게 던졌다.

쉬이이잉—

방금 전 김명수의 창이 트롤의 몸을 관통하는 것을 확인한 김민수는 조금 힘을 빼고 던져 창두가 트롤의 몸을 관통하지 않게 하였다.

퍽!

빠르게 날아간 김민수의 창이 트롤의 몸에 꽂혔다.

끄억!

그리고 그와 동시에 트롤의 비명이 들리는 듯했다.

와일드 보어와 트롤에게 창을 던진 이들은 남은 창까지 발사기에 끼우고 혹시나 모를 사태에 대비하였다.

하지만 더 이상 트롤에게 창을 던질 필요가 없어졌다.

그 이유는 김명수에 이어 김민수의 창에 맞은 트롤의 몸이 서서히 얼어붙고 있었기 때문이다.

"훌륭하다."

그 과정을 조용히 지켜보던 재식은 트롤이 죽은 것에 만족해하며 말했다.

그도 그럴 것이, 정확하게 힘 조절을 하지 않았다면, 누군가가 또다시 창을 던져야만 했을 것이다.

지금이야 상관없지만, 몬스터가 더욱 많을 경우에는 하나하나의 창이 소중했고, 다시금 창을 준비하는 동안에 놈들의 공격을 받을 수도 있을 것이었다.

"모두 내려가 자신이 잡은 몬스터의 상태를 확인한다."

탁!

재식은 그렇게 말을 하고는 먼저 죽은 몬스터를 향해 걸어갔다.

이에 뒤에 남아 있던 김명수와 다른 네 명도 앞서가는 재식의 뒤를 쫓았다.

* * *

그렇게 어제 하루 김명수와 김민수를 포함한 다섯 명의 헌터들은 와일드 보어 세 마리와 트롤 한 마리를 시작으로, 두 마리의 와일드 보어와 6등급에 근접하는 다 자란 성체 오거 한 마리까지 잡게 되었다.

그로 인해 헌터 브레슬릿에 표기된 이들의 레벨이 하나 오르는 쾌거를 이뤘다.

하지만 테스트는 한 번으로 끝낼 수가 없었다.

이번에는 보다 다양한 몬스터를 상대로 데이터를 수집하기 위해 이곳 혜산까지 왔다.

다만, 협회의 높은 분이 오는 관계로 시험이 약간 늦춰지게 된 상태였다.

똑똑똑.

문밖에서 노크 소리가 들리자 재식은 바로 대답하였다.

"네, 들어오세요."

덜컹.

"실례합니다."

문이 열리고 김중배 협회장이 방 안으로 들어왔다.

"어서 오십시오."

실내로 들어오는 김중배 협회장의 모습을 확인한 재식은 정중하게 그를 맞이하였다.

"하하, 뭐 우리 사이에 그렇게까지 하십니까."

자신을 향해 정중히 인사하는 재식의 모습에 김중배 협회장은 밝게 웃으며 이야기를 하였다.

김중배 협회장과 재식이 여러 번 손을 잡고 사업을 하다 보니, 두 사람만 있을 때는 좀 더 편한 분위기에서 대화를 나눌 수 있었다.

그렇지만 지금의 자리는 그런 자리가 아니었다.

아무리 격의 없이 지낸다 해도 지금은 다른 사람도 있으니 김중배 협회장을 협회장으로서 대우해 줘야 했다.

"제가 무리하게 찾아온 것은 아니죠?"

김중배 협회장은 사업에 필요한 상품이 첫 테스트에서 성공적인 데뷔를 했다는 소식을 듣고는 궁금해 이곳까지 날아왔다.

그렇다고 해도 조금 막무가내로 쳐들어온 경향이 있기에 재식을 향해 조심스럽게 물은 것이었다.

"아닙니다. 본격적으로 손을 잡고 사업을 벌이는 것이니, 궁금하실 법도 합니다."

재식은 김중배 협회장의 심정을 이해하기에 별로 개의치 않았다.

"이왕 이렇게 된 거 한 번 살펴보시겠습니까?"

김중배 협회장도 한때 헌터였기에 헌터용 무기, 그것도 새롭게 제작한 아티팩트에 대한 궁금증이 상당할 것임을 재식도 잘 알고 있기에 그렇게 물었다.

"그래도 되겠습니까?"

헌터에게 무기는 군인의 총과 같은 존재다.

테스트를 위해 지급된 것이라 하지만, 일단 인계가 된 것이니 반납을 하기 전까지 철저하게 관리해야만 할 의무가 있었다.

그러니 김중배 협회장으로서는 샘플로 열 개의 아티팩트가 만들어졌고, 또 그것들이 누구누구에게 지급되었는지 잘 알고 있었다.

그러니 창을 가지고 있는 헌터들을 보며 조심스럽게 물어본 것이다.

"명수 씨, 그것을 협회장님께 건네주십시오."

재식은 다섯 명 중 파티장 역할을 하는 김명수에게 지시를 내렸다.

이에 김명수는 앞으로 한 걸음 나와 등에 지고 있던 창 중 하나를 떼어서 앞에 있는 김중배 협회장에게 내밀었다.

2.5m 크기의 커다란 창이라 사선으로 등에 부착하고 있었는데, 언뜻 봐도 가지고 다니기에는 상당히 불편하다는 걸 알 수 있었다.

하지만 이것은 이들이 유전자 변형을 하지 않은 상태이기에 그렇게 보일 뿐이지, 시술받은 맹수의 유전자를 활성화한다면 이야기는 달라졌다.

유전자 시술과 마력진 시술을 받은 뒤로 맹수의 유전자를 활성화하면 이들의 키는 현재보다 무려 50㎝ 정도 더 커질 것이었다.

변신을 하기 전에도 시술받은 마력진의 영향으로 인해 이들의 키는 무려 190㎝에 달했다.

한데 변신하면 무려 2.4m에 이르게 된다.

그러니 2.5m의 창이 크다고는 하지만, 등에 부착하고 다니기에는 전혀 불편함이 없었다.

김중배 협회장도 자세한 것은 알지 못했다.

하지만 언체인 길드 소속 헌터들이 다른 일반적인 시술 헌터와는 다르다는 건은 확실하게 알고 있었다.

그러다 보니 지금 자신의 앞에 있는 커다란 창을 보면서도 전혀 이상함을 느끼지 않았다.

"보기에는 협회에서 위탁판매하고 있는 아이템과 다르지 않군요."

김중배 협회장은 김명수가 넘겨준 창을 유심히 살피다가 고개를 갸웃거리며 물었다.

"그거야 같은 용도로 사용하는 창이니 형태적으로 같을 수밖에요. 중요한 것은 창두에 새겨진 마법진 내용입니다."

재식은 궁금증을 가득 담은 김중배 협회장의 물음에 그렇게 대답해 주었다.

아티팩트와 아이템의 차이는 별거 없었다.

표면에 새겨진 마법진의 클래스의 차이와 마법진에 들어가는 마력의 운용 방식의 차이 뿐이었다.

＊　　　＊　　　＊

다섯 명의 헌터들이 밖으로 나가고 실내에는 재식과 김중배 협회장만이 남았다.

"따라가지 않아도 괜찮겠나?"

김중배 협회장은 아티팩트의 테스트를 하는 다섯 명의 헌터가 나간 문을 잠시 돌아보며 물었다.

"괜찮습니다. 오늘부터는 길드의 공대와 함께 대형 몬스터 레이드에 참여할 계획입니다."

소규모 파티 사냥은 어제 테스트를 마쳤기에 오늘부터는 강력한 몬스터를 레이드할 때 창이 얼마나 효과적인 역할을 하는지 테스트하기 위해 공대와 함께 보냈다.

원래는 이번 테스트도 자신이 함께할 계획이었는데, 김중배 협회장이 예산으로 온 것 때문에 계획이 변경되었다.

"그래? 그런데 이번에 제작한 아티팩트가 재앙급 몬스터에게도 효과가 있을 것 같나?"

사실 김중배 협회장이 이곳까지 날아온 것은 바로 이것을 물어보기 위해서였다.

대격변 이후 몬스터의 평균 위험 등급은 시간이 갈수록 점점 높아만 가고 있었다.

초기에는 게이트 브레이크로 나오는 몬스터라 해봐야 겨우 오크 무리나 트롤 정도가 전부였다.

그런데 시간이 지나면서 점점 더 강력한 몬스터가 출현하였다.

그 때문에 몬스터의 출현으로 입는 피해 정도를 기준으로

재난이나 재해라는 이름으로 등급을 분류하였는데, 그것만
으로도 인류에게 상당한 피해를 가져왔다.

하지만 어느 순간부터 자연재해와 같다고 해서 붙여진 재
해급이라는 몬스터들이 출몰하기 시작했으며, 인류는 그러
한 몬스터를 출현하는 것이 재앙이라 해서 재앙급이라 부르
게 되었다.

하지만 재앙급이 끝이 아니었다.

이보다 더 강한 몬스터는 나오지 않을 것이라 예상했는
데, 더욱 강력한 몬스터가 최근 나타나기 시작한 것이다.

그리고 그 시초는 바로 일본에 나타났다.

일본은 세계에서 손꼽히는 경제 대국이며, 군사력 강국이
었다.

하지만 그런 일본마저 초토화시켰는데, 강력한 헌터 전력
을 가지고 있던 그들을 동남아 약소국 수준으로 떨어트리는
결과를 가져왔다.

이전까지 나온 재앙급 몬스터와는 그 크기부터가 달랐다.

거의 30층 높이의 빌딩과 비슷한 덩치를 가진 몬스터가
등장한 것이다.

더욱 놀라운 사실은 몬스터도 헌터들처럼 성장을 한다는
것을 그때서야 알게 되었다.

그전까지는 아무리 강력한 몬스터라도 다수의 헌터들이
무리지어 공략하면 피해가 많이 발생하기는 했지만, 어떻게

든 레이드에 성공할 수는 있었다.

그러다 보니 몬스터도 전투를 통해 성장한다는 것이 알려지지 않아 온 것이었다.

하지만 야마타노 오로치는 기존에 등장한 재앙급 몬스터와는 확연히 달랐다.

일본 정부에서 꾸린 대규모 헌터 공대들이 달려들었지만, 별다른 피해도 입지 않고 오히려 헌터들을 전멸시켰다.

이것이 한 번, 두 번 쌓이다 보니 일본의 헌터 전력은 파탄이 나고 전투가 거듭될수록 야마타노 오로치는 점점 더 그들의 신화 속 괴물과도 같은 모습을 보여 주었다.

결국 한국의 S급 헌터인 백강현과 성신 길드의 최강 전력이 모든 역량을 동원해서야 겨우 사냥을 할 수 있었다.

그렇게 일본에서 기존의 재앙급 몬스터를 능가하는 몬스터의 출현으로 인해 전 세계의 사람들은 걱정과 우려를 가지고 있었다.

하지만 야마타노 오로치가 레이드되었기 때문에 애써 그것을 무시하려 노력했다.

더는 그런 몬스터가 나오지 않을 거라고 생각하며 말이다.

한데 한국에서 야마타노 오로치보다는 덩치가 조금 더 작지만, 60m에 달하는 또 다른 재앙급 몬스터가 출현하게 된 것이다.

그로 인해 인류는 기존의 재앙급 몬스터를 능가하는 몬스터 출현을 그제야 인정하게 되었다.

처음 재앙급 몬스터가 나왔을 때와 비슷하게 이제는 오버사이즈 재앙급 몬스터가 출현하고 사람들은 그들을 기존 재앙급 몬스터와 구분을 하기 위해 뒤에 보스란 명칭을 붙여 부르기 시작했다.

앞으로 어떤 등급의 몬스터가 더 나올지 모르기에 더 이상 다른 이름을 붙이기보다는, 그냥 재앙급 이상의 몬스터를 뭉뚱그려 보스란 명칭을 붙이기로 합의한 것이다.

어쨌든 여기서 중요한 것은 몬스터가 점점 더 강해진다는 것이다.

그러다 보니 대한민국 헌터 협회장으로서 신경이 쓰일 수밖에 없었고, 새롭게 사업을 펼치는 아티팩트의 위력을 궁금해 하는 것은 당연한 일이었다.

재앙급에도 통하냐는 협회장의 질문에 재식은 간단하게 대답했다.

"누가 쓰느냐에 따라 다릅니다."

그도 그럴 것이, 아무리 좋은 무기라도 누가 쓰느냐에 따라 위력이 달라지는 것은 무척이나 당연한 것이었다.

그렇기에 재식도 헌터로서 가장 낮은 등급인 하급 헌터를 배제하고, 본격적인 헌터 활동을 하는 중급, 즉 30레벨 이상의 헌터를 뽑아 창 아티팩트를 시험하게 한 것이었다.

그리고 테스트 버전으로 제작한 열 자루의 창은 재식이 예상한 대로 충분한 위력을 보여 주었다.

다만, 4등급 헌터는 창 발사기를 사용해도 250m가 최대사거리였다.

물론 그 이상의 위력을 발휘할 수는 있지만, 동물형 몬스터가 아닌 외골격을 가진 곤충형 몬스터의 경우에는 외피를 뚫지 못해 별다른 위력을 발휘하지 못했다.

"외골격을 가진 몬스터의 경우에는 다른 몬스터보다 가까운 거리에서 던져야 위력을 보이더군요."

재식은 미국에 가져간 창과 이번에 제작한 창을 비교하며 이야기하였다.

사실 재식이 미국에 재앙급 몬스터 웨이브를 막기 위해 가져간 창은 오버 스펙의 아티팩트였다.

들어간 재료 때문에 재식이 가진 모든 역량을 담지는 못했지만, 그래도 재료가 가진 능력을 모두 끌어냈다는 뜻이다.

창의 관통력을 높이기 위해 샤프니스 마법이 들어가고, 또 몬스터의 내부에 작용하여 더욱 치명적인 피해를 입히도록 프로즌 마법을 인챈트하였다.

뿐만 아니라 사용자의 체력을 아껴 지속적인 전투를 할 수 있게 한순간에 힘을 올려 주는 스트랭스 마법진도 그려 넣었다.

그리고 던져진 창이 정확하게 목표에 명중할 수 있게 가이드 마법까지 그려 넣어, 언체인 길드의 헌터들이 사용한 창은 마치 북유럽 신화에 나오는 던지면 명중하는 신창 궁니르와 같아진 것이다.

물론 신화에서 묘사하는 것과 비슷하다는 것이지 위력까지 같다는 것은 아니다.

그럼에도 언체인 길드원들이 사용한 창으로 인해 핵폭탄 사용까지 고려하던 미국 정부는 자국 내에 핵폭탄을 사용하지 않을 수 있게 되었다.

만약 남부 국경에서 발생한 재앙급 몬스터 웨이브를 막기 위해 핵폭탄을 사용했더라면, 아무리 위급 상황이라 하더라도 탄핵을 면치 못했을 것이다.

그도 그럴 것이, 미국은 중국과 같은 공산당 독재 국가가 아닌, 민주주의 국가로서 국민의 안전은 물론이고, 재산까지 지켜야 할 의무가 있는 나라다.

그러한 상황에 핵폭탄을 사용해 남부를 날려 버린다면, 이를 좋게만 볼 수는 없을 터였다.

비록 자신들에게는 일어나지 않은 사건이지만, 또다시 다른 지역에 이와 같은 사태가 벌어지면 두려움에 떨 것이었다.

정부가 자신들이 있는 지역에 핵폭탄을 떨어뜨리지 않을 것이라고 장담할 수 없는 탓에.

그 때문에라도 미국 국민들은 핵무기와 같은 파멸의 무기를 사용해 몬스터를 막아 내는 것을 용납하지 않을 것이었다.

다행이라면 겨우 100여 명의 인원으로 지원 온 한국의 헌터들이 생소한 아티팩트를 사용해 지금까지 보지 못한 대규모 몬스터 웨이브를 막아 냈다.

그리고 떠나기 전 그들이 사용하던 아티팩트를 다수 판매하고 돌아갔다.

이러한 정부의 발표에 미국인들은 자신들의 정부에게 열렬한 환호를 보냈다.

아무튼 재식이 제작한 아티팩트로 인해 인류는 새로운 전기를 맞이하게 된 것이다.

갈수록 강력해지는 몬스터에 맞설 수 있는 강력한 무기를 가지게 되었다.

비록 그 수량이 아직은 많지 않아 한계가 있기는 하지만, 어찌되었든 인류가 몬스터를 상대로 강력한 무기를 가지게 된 것은 사실이었다.

재식은 이번에 미국에 가져간 창보다 마법적인 위력을 조금 떨어뜨리기는 했지만, 다른 한편으로는 창 발사기를 접목하여 물리적인 부분은 강화시켰다.

아무리 강력한 무기가 있다고 해도 그것을 사용하는 인간은 몬스터에 비해 한계가 뚜렷했다.

몬스터에 비해 하드웨어가 너무나도 약하다 보니, 인간은 될 수 있으면 먼 거리에서 무기를 사용하는 것이 안전할 것이다.

　사거리가 늘어난 만큼 헌터는 몬스터를 상대하는 데 더 많은 기회를 가지게 되었다.

　재식은 자신이 노력한다고 해도 모든 인류를 구원할 수는 없다는 것을 잘 알고 있었다.

　하지만 노력을 한다면 최대한 피해를 줄일 수 있다는 것도 알고 있기에 몬스터를 상대할 수 있는 헌터들의 피해를 줄이는 방향으로 무기를 제작하려고 한 것이었다.

　"그런데 수량은 어떻게 맞추기로 했나? 전에 이야기한 것처럼 100개를……."

　"아닙니다."

　김중배 협회장은 처음 이야기한 것처럼 1차로 아티팩트 100개를 제작하기로 한 것인지 물었다.

　그런데 재식은 아니라고 대답하였다.

　"그럼?"

　"아티팩트를 제작하기 위해서는 에너지 전달 기능이 탁월한 미스릴이 필요합니다. 하지만……."

　재식은 이야기를 하다 말고 김중배 협회장의 두 눈을 주시했다.

　"미스릴이라……."

한국에서 미스릴을 구하는 것은 여간 어려운 일이 아니었다.

소량이라면 어찌어찌 구할 수는 있지만, 아티팩트를 100개나 매달 제작하여 판매하기에는 공급이 너무나도 부족했다.

"그럼 어떻게 하려고?"

이저 저도 안 된다고 하니 김중배 협회장은 다른 방법을 물어보지 않을 수가 없었다.

창 아티팩트과 같은 물건을 소량만 판매하면 기존에 헌터들이 사용하는 도검류의 무기와 다를 것이 없었다.

"네. 그러니 미스릴을 저희에게 판매를 하는 나라를 우선 협상자로 선정을 하는 것입니다."

"우선 협상 대상?"

"네. 세금 문제도 있으니 물건 대금의 절반은 미스릴로 받고, 나머지 대금은 현금이나 마정석 또는 몬스터의 부산물로 받는 방법이 있습니다."

"흠……."

김중배 협회장은 재식의 대답에 작게 신음성을 흘렸다.

지금까지 생각지 못한 방법이었기 때문이다.

아티팩트을 판매하고 돈이 아닌 현물로 대신한다는 생각을 하지 못했다.

"허허, 무기와 전술이 시간을 역행해 중세 냉병기를 사용한 근거리 전투로 바뀌더니, 이제는 경제마저 물물교환으로 바뀌는군."

이야기를 듣다보니 김중배 협회장은 정말 세상이 중세 시대로 역행하는 것 같은 기분이 들었다.

"뭐 어떻습니까? 그렇게 인간들은 세상의 흐름에 적응해 살아남는 것이죠. 그리고 이전에도 국가간 현물 거래는 꽤 있지 않았습니까."

김중배 협회장의 넋두리에 재식은 별거 아니란 듯 그렇게 답하였다.

"하기는 생존이 문제인 것이지……."

두 사람은 그렇게 이야기를 하다 뭔가 다른 생각을 하는 듯 잠시 대화가 멈췄다.

*   *   *

미국 워싱턴 D.C. 백악관 집무실.

백악관의 주인인 그렌트 대통령은 존 슐츠 특전 사령관을 보며 물었다.

"어떤가?"

"현재 게이트는 조용합니다."

미국의 주요 기관들은 몬스터 웨이브가 끝난 뒤에도 경계를 늦추지 않고 그곳을 예의 주시하고 있었다.

그도 그럴 것이, 몬스터 웨이브의 종료를 선언하기는 했지만, 그것이 몬스터 웨이브에 등장한 모든 몬스터의 죽음을 뜻하는 건 아니기 때문이었다.

어떤 이유인지는 아직 자세하게 밝혀진 것은 없지만, 어찌되었든 몬스터가 자의적으로 자신들이 나온 차원 게이트 안으로 돌아가면서 소강상태가 되었다.

그러니 다시 몬스터들이 차원 게이트에서 나온다면, 또다시 생각하기도 두려운 몬스터 웨이브가 시작될지도 몰랐다.

최하 5등급 이상의 몬스터로만 구성된 몬스터 웨이브.

그것은 강력한 몬스터 하나가 출현하는 것 이상으로 두려운 일이었다.

재앙급 몬스터, 아니, 그보다 강력한 재앙급 보스 몬스터가 출현하더라도 미국에는 그걸 막을 방법이 있었다.

바로 재앙급 몬스터 사냥에 성공한 공대가 둘이나 존재하는 것.

그러니 미국의 입장에선 차라리 재앙급 보스 몬스터 하나가 출현하는 것이 어쩌면 더 나을 수 있었다.

한데 이번에 미국 남부 텍사스에서 발생한 것은 또 다른 종류의 재앙이었다.

무려 5등급 이상으로만 구성된 몬스터 수만 마리가 웨이브를 이루며 뛰쳐나왔기 때문이다.

그것도 평범한 5등급의 몬스터가 아니라 엘리트급으로

구분되는 놈들로 말이다.

한 마리, 한 마리가 적게는 파티, 또는 공대를 이루어 레이드해야 하는 몬스터들이었다.

그런 놈들 수만 마리가 출몰하여 몰려든 탓에 그렌트 대통령과 NSC 위원들은 한때 자국 영토에 핵무기 사용을 심각하게 고려를 할 정도였다.

그런데 뜻하지 않은 곳에서 구원의 손길이 내려왔다.

동맹이라는 이름으로 파견된 100여 명의 한국에서 온 헌터들이 엄청난 활약을 하게 되면서 재앙급 몬스터 웨이브라고 명명된 그것을 막아 낸 것이다.

이에 NSC 위원들과 국가 고문들은 그들이 어떻게 해서 레이드 몬스터들을 쉽게 제압을 할 수 있는지 면밀히 살피고 관찰하였다.

그리고 나온 결론은 그들이 지금까지 알려진 것과는 전혀 다른 강력한 아티팩트를 사용하는 것과 그것을 효과적으로 사용할 수 있는 전술을 함께 사용하고 있다는 것을 결론으로 내렸다.

이러한 사실을 알아낸 미국 정부는 몬스터 웨이브가 끝나기 무섭게 그들을 찾아가 협상을 벌였다.

가장 먼저 움직인 덕분에 전부는 아니지만 협상을 벌여 다수의 아티팩트를 확보할 수 있었다.

물론 그것을 확보하기 위해 미국 정부는 많은 것을 그들에게 넘겨주기는 했지만 말이다.

어쨌거나 결과적으로 아깝다는 생각은 들지 않았다.

그도 그럴 것이, 넘겨받은 아티팩트를 사용한다면, 머지 않은 시간에 그보다 더 많은 이익을 챙길 수 있을 것이기 때문이었다.

다만, 아직 아티팩트의 수량이 많지 않은 관계로 또다시 비슷한 규모의 몬스터 웨이브가 발생한다면 이번처럼 큰 피해 없이 막아 낸다는 보장은 없었다.

그러니 세계의 각국은 게이트에서 몬스터들이 다시 튀쳐 나오는지 잘 감시하는 한편, 한국 내부의 정보에도 항상 귀를 기울이고 있다.

각국이 얻은 첩보에 의하면 한국으로 돌아간 재식이 미국에서 사용한 아티팩트를 더욱 개량하여 제작하고 있다고 했다.

더욱이 이번에 제작되고 있는 아티팩트의 경우에는 일정 수량을 외부에 판매한다고 하니, 미국 정부로서는 하나라도 더 아티팩트를 확보하기 위해 바쁘게 움직이고 있었다.

"준비는 제대로 하고 있는 거겠지?"

"물론이죠. 어떤 요구를 하든 그것을 확보하기 위해 각 주에 있는 헌터 협회는 물론이고, 대형 길드와 기업들에도 협조를 구하고 있습니다."

미국 정부는 이번 재앙급 몬스터 웨이브를 겪으면서 더

이상 자신들이 세계 최강이 아니란 것을 깨달았다.

그간 미국은 재앙급 몬스터를 레이드할 수 있는 헌터 그룹을 둘이나 보유하고 있다는 생각에 대격변이 일어났음에도 자신들이 최강이라 생각해 왔었다.

하지만 자신들이 별 신경을 쓰지 않던 아시아의 작은 나라에는 홀로 재앙급 보스 몬스터를 상대할 수 있는 헌터가 나왔다.

예전 같았다면 어떻게 해서든 그러한 존재를 미국으로 귀화시키기 위해 별의별 노력을 다했을 것이지만, 지금 당장은 아니었다.

재식은 강해도 너무 강했고, 그는 미국 정부가 어떻게 할 수 있는 범위를 벗어난 존재였다.

그러니 괜히 그런 초월적인 존재와 척을 지기보다는 미국에 도움이 되는 방향으로 정책을 펼치는 게 이득이라 생각했다.

6. 공문에 대한 각국의 반응

대한민국 헌터 협회 아이템 판매 사업부는 이번에 새로 생긴 신설 부서였다.

　헌터 협회는 원래 대부분의 업무가 헌터들의 권익과 의무에 관해 교육과 권리를 대변하는 일을 맡고 있었다.

　더욱이 이곳은 정부의 산하 기관.

　또 헌터 협회 출범에 재계가 힘을 실어 주었기에 수익 사업에 관한 부분은 재계가 전적으로 담당하였다.

　그 때문에 정재계가 시끌벅적하긴 했지만, 재계가 막대한 금력으로 정치권을 움직인 탓에 명분을 잃은 정부가 물러나게 되었다.

결국 그 사건을 계기로 사실상 헌터 협회는 자체적인 수익은 물론이고, 국가의 재정 분배에도 목소리 한 번 제대로 내지 못하였다.

　다만, 기업들이 몬스터의 부산물로 얻는 수익에 대해서는 일정 부분 헌터 협회 운영비로 예산을 집행하는 것으로 하면서 마무리되었다.

　하지만 시간이 흐르면서 처음 취지와 다르게 헌터 협회가 하는 일이 많아지기 시작했다.

　처음 약속과 다르게 재계는 헌터 길드들을 자신들의 자회사처럼 운용하기 시작했다.

　원래는 헌터의 의무, 즉 몬스터가 도심 한복판에 출몰하면 최우선적으로 이를 퇴치한다고 했지만, 어느 순간부터 이를 잘 지키지 않게 되었다.

　이는 어떤 몬스터가 출현을 하느냐에 따라 출동을 하는 시간이 달라졌기 때문이다.

　즉, 돈이 되는 몬스터가 출현하면 그 누구보다 빠르게 출동하였지만, 그렇지 않고 고블린이나 놀과 같이 숫자만 많고 돈도 별로 되지 않는 몬스터가 출몰하면 대형 헌터 길드의 경우 핑계를 대며 출동하지 않는 경우가 빈번했다.

　그로 인해 발생한 피해는 전적으로 헌터 협회에 돌아가면서 협회는 어쩔 수 없이 자체적으로 무력 조직을 구성해 그런 몬스터들을 처리하기에 이르렀다.

그나마 다행인 것은 군에서 민간으로 헌터들의 관리가 넘어오면서 상당히 많은 이들이 헌터 협회에 투신을 했다는 것이다.

그러한 일이 있었기에 유니콘과 같은 자체적인 무력 집단을 꾸릴 수 있었다.

만약 모든 헌터들이 군의 관리에서 헌터 협회로 이관될 때 헌터 길드로 들어가게 되었다면, 아마도 사회는 지금과 같이 안정화되지 못했을 것이다.

아마 대형 길드나 헌터 길드가 자리하고 있는 지역 외에는 아수라장이 되었을 것이 뻔했다.

물론 자체적인 무력 집단을 운영하기 위해서는 상당히 많은 예산이 필요했다.

이를 위해 헌터 협회도 어쩔 수 없이 무력 조직을 이용해 돈을 벌어야만 했고, 그것은 몬스터를 대신 잡아 주고 돈을 받는 용병으로 변한 것이다.

대한민국의 헌터와 국민을 지키기 위해 협회에 투신한 이들을 용병 따위로 쓰는 것을 김중배 협회장은 썩 내키지 않았다.

한데, 언체인 길드의 길드장인 재식과 인연을 맺으면서 정재계의 통제와 견제를 받던 것에서부터 독립할 기틀을 마련하게 되었다.

그러면서 만들어진 조직이 바로 헌터 협회 내 아이템 판매 사업부다.

이는 전적으로 언체인 길드에 의해 위탁판매를 하는 형식이었고, 판매하는 장비의 특수성을 들어 헌터 협회에서만 독점하고 있었다.

사실 아이템 위탁판매는 다른 대형 길드에서 눈독을 들이는 사업이었지만, 재식 때문에 대형 길드에서도 함부로 달려들 수가 없었다.

물론 처음부터 순조롭게 사업이 진행되지는 않았다.

아이템이란 획기적인 대 몬스터 장비가 나온 것에 욕심을 낸 대형 길드와 그것이 돈이 된다는 사실을 알게 된 정치권에서 마수를 뻗었다.

하지만 아무리 대형 길드이고 정치인이라 해도, 개인의 물건을 함부로 가로챌 수는 없는 일이었다.

아이템을 제작한 재식이 사업의 동반자로 헌터 협회를 택하고 어느 사업자보다 공정할 것이라 천명하고 나서니, 정치권이나 헌터 길드도 그러한 재식의 말을 무시할 수가 없었다.

물건의 주인이 그렇게 말을 하는데다가, 또 그 말을 하는 인물이 그냥 단순한 고위 헌터도 아니고 S등급 헌터였다.

일반적인 헌터가 그런 말을 했다면, 대형 길드가 이를 무시하고 당장에라도 달려들었을 테지만, S등급 헌터를 뛰어넘은 재앙급 보스 몬스터를 일대일로 상대한 헌터였다.

최근에 출현하기 시작한 기존의 재앙급 이상의 몬스터로 인해 모두가 신경을 기울이던 차였다.

한데 그걸 유일하다시피 막을 수 있는 존재의 심기를 건드릴 수가 없었고, 어느 누구라도 재식에게는 고개를 숙이고 들어가야만 했다.

이런 재식의 영향으로 인해 헌터 협회는 처음으로 자체적인 수익 사업을 할 수 있는 길을 마련할 수 있었다.

그렇게 재식이 제작한 아이템을 위탁판매하면서 헌터 사회에 영향력을 넓히고, 또 운용 예산을 확보하면서 독립성을 가지게 되었다.

그러니 협회 내에서도 신규 부서이지만, 이곳 아이템 판매 사업부의 위상은 감찰부와 직할대에 비견될 정도로 그 영향력이 커졌다.

확실히 어느 조직이나 사회를 움직이는 세 개의 힘인 권력, 금력, 무력과 연관이 있는 곳은 힘을 갖을 수밖에 없었다.

그 때문에 오늘도 아이템 판매 사업부는 신규 판매 물품의 선전을 위해 오늘도 불철주야 움직이고 있는 중이었다.

그것도 이번에는 국내 프리랜서로 활동하는 헌터들 위주

가 아닌 외국 정부를 상대로 말이다.

"김과장, 외국 정부에 발송할 공문은 어떻게 되었나?"

"네, 부장님. 최종적으로 내용 수정하여 부장님 책상 위에 올려놓았습니다."

"그래? 알았어. 실수 없게 꼼꼼히 살펴봤지?"

"네 그렇습니다. 오탈자 하나 없게끔 전문 번역사들에게 두 번, 세 번 검수를 마쳤습니다."

"잘했어."

아이템 판매 사업부의 김인수 부장은 부하 직원의 대답에 만족하며 칭찬을 하고는 공문을 확인하기 위해 자신의 자리로 돌아갔다.

공문의 원문을 다시 한번 확인한 김인수 부장은 그것을 챙겨 김중배 협회장을 찾아갔다.

김중배 협회장의 최종 승인이 떨어지면, 작성한 공문을 미국이나 영국 등 각국 정부에 발송할 것이다.

이전부터 세계의 각국 정부는 아티팩트보다 기능은 떨어지지만, 보다 구하기 쉽고, 기존에 있는 헌터용 장구류에 비해 획기적인 물건인 아이템을 구입하기 위해 한국 정부와 헌터 협회에 협조 공문을 보내고 있었다.

하지만 국내도 아직 완벽하게 보급이 되지 않았다.

하여 대량 구매를 원하는 국가들에게는 일단 정중하게 거절을 하고 있었다.

물론 아이템이 나온 지 벌써 2년이 다돼 가면서 국내 보급은 거의 완료가 된 상태이기에 조금씩은 외국에도 판매하고 있긴 했다.

그런데 이번에는 아이템이 아니라 무려 아티팩트의 판매를 위해 외국 정부에 공문을 보내기 위한 준비를 하고 있는 것이다.

무려 아티팩트.

그러니 그 준비부터 철저히 해야만 했다.

아티팩트는 아이템과 다르게 엄청난 고가의 물건으로, 그 거래 단위부터가 달랐다.

아이템이 외국에 판매되면서 국내보다 조금 더 가격을 높여 거래를 한다고 해도 아티팩트와 비교하면 그건 일반 승용차와 고급 스포츠카만큼이나 큰 가격 차이를 가지고 있었다.

그러니 위탁판매를 하고 있는 헌터 협회에 떨어지는 커미션도 그만큼 커지게 된다는 말이었다.

"좋아. 이대로 보내."

협회장의 재가가 떨어졌다.

"알겠습니다. 그럼 세 달 뒤에 경매하는 것으로 기간을 정하겠습니다."

"그래. 그렇게 하게나."

"그런데 장소는 어떻게 할까요?"

협회장의 재가가 떨어지자, 김인수 부장은 조심스럽게 경매할 장소에 대해 물었다.

각국에 공문을 보내는 것도 보내는 것이지만, 아직까지 장소를 알려 주지 않았기에 그런 것이다.

"당연히 여기에서 해야지."

김중배 협회장은 김인수 부장의 질문에 뭐 그런 것을 물어보냐는 듯, 눈썹을 치켜뜨며 대답했다.

"하지만 저희에게는 그런 행사를 치를 만한 장소가 없지 않습니까?"

헌터 협회 건물이 크다고 하지만, 각국에서 모일 많은 사람들을 수용할 정도는 아니었다.

아니, 억지로 만든다면 만들 수는 있었다.

하지만 공문을 받을 사람들의 사회적 직위를 생각하면 말도 되지 않은 일.

그러한 것을 꼬집어 이야기하는 김인수였다.

"그렇다고 그것을 경매 회사에 위탁할 수도 없잖나."

"그건 그렇죠. 우리도 위판을 받아 판매하는 중인데 그것을 다시 위탁을 준다는 것은⋯⋯."

김인수가 생각하기에도 말이 되지 않았다.

그러니 어찌 되었든, 이번 경매는 자신들이 주관해야 한다는 이야기였다.

"또 다른 장소를 섭외했다가 보안이 뚫리거나 사고가 발생하면 어떻게 되겠나?"

"아!"

김중배 협회장의 이야기를 듣던 김인수는 순간 머리가 번쩍하는 충격을 받았다.

아티팩트 경매 준비로 그동안 미뤄 둔 것이 방금 전 김중배 협회장의 말로 인해 떠올랐기 때문이다.

다른 물건도 아니고 무려 아티팩트다.

단순하게 칼날에 불꽃을 피운다거나 화살 정도를 막아 내는 실드 마법이 걸린 그런 류의 아티팩트가 아닌 것이다.

무려 5등급 이상의 몬스터에게 치명적인 대미지를 줄 수 있는 아티팩트.

그것도 한두 개가 아닌 열 개씩, 한 세트를 다섯 번에 걸쳐 판매할 예정이었다.

일반 민간 기업에 맡겼다가는 분명 사고가 발생할 것이다.

아티팩트 하나의 가격은 최소로 잡아도 몇 백만 달러나 되었다.

게다가 무기형 아티팩트의 경우 최고가는 무려 1억 달러에 달하는 것도 있다.

이런 터무니없는 가격의 아티팩트가 한두 개도 아닌 수십 개나 나올 예정이니 사고는 당연했다.

아무리 대비를 철저히 한다고 해도 사고는 분명 발생할

것이다.

그도 그럴 것이, 경매를 방해할 목적으로 침투할 외부 세력은 물론이고, 경매에 참가하는 각국 정부에서 파견된 인물들 중에서도 분명 한두 명 정도는 나올 수도 있었다.

무려 5등급 이상의 몬스터에게 대미지를 줄 수 있는 아티팩트가 나왔으니 말이다.

이러한 것을 자국으로 가져가지 못한다면 자국 정부는 물론이고, 국민들도 그들을 무능하다 성토할 게 분명했다.

그럼 그들은 그걸 만회하기 위해서 어떤 짓을 저지를지 알 수 없었다.

단순하게 땡깡을 부릴 수도 있고, 그보다 더 나쁜 생각을 할 수도 있다.

어쨌든 그러한 사고나 소란을 막기 위해 김중배 협회장은 다른 외부 시설이 아닌 이곳 한국 헌터 협회 본부 내에서 경매를 할 생각을 가지게 된 것이었다.

* * *

미국 백악관 대통령 집무실.

"대통령님, 이것 좀 보십시오!"

한창 업무를 보고 있던 율리시스 그렌트 대통령은 자신의 집무실로 급하게 들어오는 부통령을 돌아보았다.

"뭔가?"

척!

대통령 집무실로 급하게 들어온 제레미 라이언즈는 대통령의 앞에 들고 있던 편지 봉투를 내려놓았다.

봉투는 테두리에 금장이 되어 있고 대한민국 헌터 협회라는 글씨가 영문과 한글로 적혀 있었다.

'설마!'

대한민국 헌터 협회란 글씨를 확인한 그렌트 대통령은 고개를 번쩍 들며 물었다.

"그건가?"

"그렇습니다."

주어가 빠진 질문과 대답이었지만, 두 사람은 그 뜻을 알고 있는 것인지 대화에 아무런 장애가 없었다.

처저적!

그렌트 대통령은 급하게 봉투를 열었다.

부통령이 제레미 라이언즈가 먼저 확인을 한 탓에 봉투의 봉인은 이미 뜯겨 있었다.

원칙적으로 대통령에게 오는 문서는 다른 사람이 함부로 개봉할 수 없는 것이지만, 이번만은 그렌트 대통령도 어쩔 수 없다는 것을 알고 별다른 말을 하지 않았다.

이는 이전 NSC 회의에서 이야기가 된 사항이기 때문이었다.

"세 달 뒤에 경매를 진행한다고 하더군요."

"그래. 그런데 여기 이해가 가지 않는 부분이 있는데 말이야."

그렌트 대통령은 라이언즈 부통령을 보며 공문의 한 부분을 가리키며 이야기하였다.

"맞아 저도 그 부분이 조금 이상하더군요."

라이언즈 부통령도 처음 공문을 읽었을 때 이해가 가지 않는 부분이 있었는데, 그 부분을 그렌트 대통령이 짚은 것이다.

"음, 일단 공문도 왔으니 NSC 위원들을 부르도록 하지."

그렌트 대통령은 잠시 생각을 하다가 그렇게 이야기하였다.

한국에서 기다리던 공문이 날아왔다.

재앙급 몬스터 웨이브가 끝나고 재식과 대화를 나누며 들은 내용이 있었다.

당시 강력한 위력을 발휘하던 아티팩트를 본인이 만들었고, 조만간 그것들을 더 만들 계획이라고 했다.

그리고 그것들을 세계 각국에 판매할 생각이라 밝혔는데, 다만 아티팩트의 가격이 결코 싸지만는 않을 것이라고도 했다.

하지만 새로 생산되는 아티팩트는 자신들이 구매한 그것

보다는 기능이 조금 떨어질 거라 했다.

몬스터를 상대로 비효율적인 부분이 있어 개선을 하는 것과 대량 생산을 위해서 몇몇 기능은 넣지 않을 생각이라 그렇다고 말했다.

그런 이야기를 들었을 때 그렌트 대통령은 이번에 새롭게 나올 창 아티펙트가 자신들의 기대에 미치지 못하는 것은 아닐까, 혹은 구매한 아티펙트들과의 시너지가 나쁠지도 모른다는 우려를 했다.

이 때문에 NSC 위원들은 머리를 맞대고 추가 구입을 할 것인지에 대한 많은 논의를 하였다.

일부는 기능이 떨어진다면 굳이 비싼 돈을 들여 구입할 필요가 없다는 의견도 있었다.

또 다른 쪽에서는 어느 정도 기능이 떨어져도 일단 몬스터에게 대미지를 줄 수 있는 무기는 많을수록 좋다는 의견도 강하게 주장했다.

그렇게 두 의견은 회의 내내 팽팽한 접전을 벌였다.

그렇게 한참을 회의한 끝에 내려진 결론은 그래도 아티펙트는 구입해야 한다는 쪽이었다.

조국을 지키기 위해선 어쩔 도리가 없다는 것이다.

미국의 땅은 너무나도 넓었는데, 50개가 넘는 모든 주를 몬스터로부터 방어하기에는 가지고 있는 무기나 헌터가 부족했다.

그래서 그런 결론을 내리고 한국에서 소식이 오기만을 초조하게 기다린 것이다.

*　　　*　　　*

엘리제 마뇽은 아침 일찍 출근을 하였다.

지난 밤 그녀의 애인은 집에 들어오지 않았다.

한데 그 이유가 다른 여자와 데이트했기 때문이란다.

그 때문에 한바탕 말싸움을 하고, 제대로 풀지도 못한 채 집에서 나오는 바람에 기분이 별로 좋지 못했다.

털썩.

탁!

"나쁜 새끼!"

사무실 문을 닫고 메고 있던 가방을 거칠게 책상에 던지며 소리쳤다.

그렇게라도 하지 않으면, 치밀어 오르는 화를 참을 수가 없을 것 같았다.

하지만 그것도 분노를 가라앉히기에는 약했는지, 아직도 두근거리는 가슴이 진정되지 않았다.

"후우, 여긴 직장이야, 엘리제."

하지만 언제까지 이렇게 화만 내고 있을 수는 없었다.

애인과의 문제는 개인적인 일일 뿐이고, 이곳은 자신이

업무를 해야 하는 곳이었다.

그러니 출근해서까지 애인과의 문제로 정신이 팔려 있을 수는 없었다.

엘리제가 화를 참기 위해 마인드 컨트롤을 하고 있을 때, 밖에서 노크 소리가 들렸다.

똑똑똑.

"네. 들어오세요."

덜컹!

"장관님, 한국에서 대통령궁 앞으로 공문이 날아왔습니다."

노크를 하고 문을 연 사람은 다름 아닌 엘리제의 비서였다.

비서는 문을 열고 들어오면서 손에 든 봉투를 그녀에게 내밀었다.

"한국? 그곳에서 우리에게 무슨 공문을 보낸 거지? 더군다나 대통령궁으로 말이야."

비서의 말에 엘리제는 고개를 갸웃거리며 중얼거렸다.

그도 그럴 것이, 대격변 이후 많은 부분이 달라졌는데, 대격변 이전에는 국제사회의 외교적인 문제가 빈번하게 이루어졌다.

하여 외교부의 업무가 무척이나 많아 국가가 주고받는 이런 공문이 참으로 많았다.

하지만 대격변으로 인해 인류를 위협하는 몬스터가 나타나자, 상황이 바뀌었다.

이전 인류의 생존을 위협하는 존재는 인류 자신들이었다.

이념과 종교의 문제로 서로 적대하며 전쟁을 벌이는 통에 같은 편을 찾기 위해 필연적으로 외국과 교류를 하면서 활발한 외교가 이루어져야만 했다.

그러나 대격변이 벌어지면서 인류의 생존을 위협하는 가장 큰 적은 몬스터로 바뀌었고, 그에 맞춰 상황도 변화하였다.

많은 나라들이 외교에 힘쓰기보단 자국 내에 발생하는 게이트 브레이크나 몬스터를 막기 위해 정신이 없었다.

즉, 생존하는 문제로 인해 외교에는 신경을 쓸 겨를이 없다는 말이었다.

그나마 시간이 흘러 어느 정도 몬스터로부터 안전을 보장받게 되면서 약간의 질서가 잡혔다.

그러고 난 뒤에야 다시금 외국과의 교류를 갖게 되었지만, 아직도 외국과의 교류보다는 국내에 출현하는 몬스터 퇴치에 더욱 힘을 쏟고 있는 처지였다.

그러다 보니 몬스터 문제가 아닌 이상, 나라 간의 이런 공문이 오는 경우는 극히 드문 일이 되어 버렸다.

게다가 한국과 프랑스의 거리는 무려 9,000㎞가 넘는 아주 먼 나라였다.

그 때문에 몬스터를 막기 위한 교류도 없었고, 그러다 보니 두 나라 간에 공문을 주고받을 일도 없었다.

그런데 느닷없이 이런 공문이 날아오다니.

엘리제로서는 쉬이 이해가 가지 않았다.

"혹시 내가 모르는 일이 벌어지고 있는 것이 있나요?"

엘리제는 외무부 장관인 자신이 혹시 놓치고 있는 것이 있는지 비서에게 물었다.

"그럴 일이 있겠습니까?"

비서는 엘리제의 질문에 어깨를 으쓱이며 대답하였다.

대격변 이후 프랑스의 외교는 멀리 떨어져 있는 나라보다는 인근에 있는 유럽을 위주로 돌아갔다.

그도 그럴 것이, 그래야 혹시나 대규모 몬스터 웨이브라도 발생을 했을 때 도움을 받을 수 있기 때문이었다.

그런데 이렇게 그동안 잊고 있던 아시아 동쪽 끝에 있는 나라에서 뜻밖의 공문이 오자 머리가 아파왔다.

"일단 무슨 일인지는 모르겠지만, 대통령궁 앞으로 온 것이니 대통령께 가져다 주기는 해야겠군요."

엘리제는 한국에서 온 공문 때문에 어쩔 수 없다는 듯 작게 투덜거렸다.

아침부터 애인과 싸운 것 때문에 기분이 좋지 않은 상태에서 쓸데없는 공문 때문에 대통령궁에 출입해야 한다는 게 마음에 들지 않았다.

하지만 그녀의 기분과 상관없이 업무는 해결해야 하기에 어쩔 수 없이 그녀의 발걸음은 대통령궁으로 향했다.

그리고 그녀와 같이 한국에서 날아온 갑작스런 공문 때문에 대통령이나 총리와 같이 그 나라의 수장을 찾는 외교 담당관들이 많이 있었다.

＊　　　＊　　　＊

독일 베를린 총리 관저.

똑똑.

"들어와요."

오전 업무를 마치고 잠시 티타임을 가지고 있던 미하엘 미켈 총리는 갑자기 울리는 노크 소리에 들고 있던 찻잔을 내려놓고 대답을 하였다.

"쉬시는데 죄송합니다."

집무실 안으로 들어온 사람은 먼저 휴식을 방해한 것에 사과하였다.

"아닙니다, 하인리히 장관. 그런데 무슨 일로 오셨습니까?"

자신과는 정치적 성향이 다르기에 개인적으로 자신을 잘 찾지 않는 외교부 장관인 하인리히 그리만 장관이었다.

한데 그런 그가 자신을, 그것도 휴식을 취하고 있는 시간임을 알면서도 이렇게 찾아온 것에 대해 의아한 눈으로 그를 쳐다보았다.

"한국에서 총리님 앞으로 온 공문입니다."

"한국에서 제게요?"

미하엘 총리는 고개를 갸웃거리며 의아한 표정으로 그렇게 되물었다.

"아니, 정확하게는 저희 정부 앞으로 보낸 공문입니다."

"정부란 말이죠."

"예. 앞에 찍힌 직인을 보면 한국 정부가 아닌 한국의 헌터 협회에서 저희 독일 정부 앞으로 보낸 것입니다."

하인리히 장관은 감정이 섞이지 않은 목소리로 한국 헌터 협회에서 독일 정부 앞으로 보낸 편지에 대해 이야기하였다.

하지만 이를 듣고 있던 미하엘 총리의 머릿속은 의문만 가득차기 시작했다.

'한국 정부도 아니고 일개 협회가 우리 정부에게 이런 것을 보낸다니.'

너무나도 이상한 일이었다.

사실 원칙대로라면 그냥 확인하지 않고, 휴지통에 버려도 상관이 없는 일이었다.

이는 국가 간의 정식 외교 문서로 보기 힘든 것이기 때문이었다.

하지만 미하엘 총리는 한국의 헌터 협회에서 독일 정부 앞으로 보낸 이 편지의 내용이 궁금해졌다.

찌익—

공식 외교문서가 아니기에 미하엘 총리는 편지를 넘겨받고 그 자리에서 입구를 개봉하여 내용물을 꺼내 읽어 보았다.

그의 눈동자가 글씨를 따라 좌우로 이동하였고, 얼마 지나지 않아 처음 편지를 읽을 때와는 다르게 너무나도 놀라워하는 표정으로 바뀌어 있었다.

"아니, 무슨!"

갑자기 소리치는 미하엘 총리의 모습에 가만히 편지를 읽는 것을 지켜보던 하인리히 장관이 놀란 표정으로 물었다.

"무슨 일이기에 그렇게 놀라는 것입니까?"

"그게… 장관도 한 번 읽어보시죠."

너무나도 놀라운 편지의 내용에 미하엘 총리는 방금 전 자신이 읽던 편지를 그대로 하인리히 장관에게 넘겨주었다.

그리고 미하엘 총리가 읽던 편지를 넘겨받은 하인리히 장관도 편지를 읽고는 이내 깜짝 놀라며 입을 열었다.

"아니, 이게 사실입니까?"

"그거야 저도 확인한 것이 아니니 사실인지는 모릅니다. 다만, 두 달 전에 미국에서 발생한 재앙급 몬스터 웨이브를 막는 데 지대한 역할을 한 것이 한국에서 파견된 헌터들이지 않습니까. 충분히 가능한 일이라고 생각됩니다."

미하엘 총리는 두 달 전에 미국 남부에서 발생한 엄청난 규모의 몬스터 웨이브를 언급했다.

"아!"

당시 미국은 독일에도 도움을 요청했다.

하지만 독일은 그러한 미국의 요청을 정중히 거절하였다.

그도 그럴 것이, 자신들도 몬스터로부터 국민을 지키는 것에 안간힘을 쏟고 있는 상태에서 헌터들을 미국에 파견 보냈다가 자칫 자국의 헌터들이 모두 희생되면 큰 타격을 입을 것이 빤했기 때문이다.

5등급 이상의 몬스터로만 이루어진 몬스터 웨이브에 헌터를 파견할 나라는 거의 없을 것이다.

당시 그곳에 지원을 보낸 국가 대부분은 미국이 무너졌을 때 같이 피해를 입을 나라들이었다.

자국에서 발생한 것도 아니고, 타국의 안전을 위해 자국의 최고 전력을 희생한다는 것은 현재의 국가관으로서는 말도 안 되는 일이었다.

그나마 헌터 전력이 남아도는 한국만이 가능한 일.

하나 독일은 자국 내 몬스터 문제를 해결하는 것도 버거운 상태였다.

그렇기에 미하엘 총리는 어쩔 수 없이 헌터를 보내지 않기로 결정 내릴 수밖에 없었다.

그런데 얼마 지나지 않아 놀라운 소식이 들려왔다.

최소 몇 개 주 정도는 몬스터에 의해 초토화될지도 모른다고 생각하던 미국의 사태가 큰 피해 없이 소화됐다는 소식이 전해진 것이다.

그 때문에 세계 각국 정부들은 어떻게 미국이 재앙급 몬스터 웨이브로 명명된 이번 사태를 큰 피해 없이 해결을 했는지 알아보기 시작했다.

그걸 알아보는 데는 그리 오랜 시간이 걸리지 않았다.

당시 전 세계에 재식이 싸우는 모습이 방영됐기 때문이다.

다만 그때는 재식에게만 관심이 집중되어 있었는데, 그가 사용한 창이 재식이 직접 만든 것이라고는 생각하지 못해 지나친 것이었다.

어쨌든 그렇게 한국에서 파견된 100여 명의 헌터들이 이룩한 성과란 것을 알게 되면서 각국의 정부는 충격에 빠졌다.

오래 전부터 한국인들은 놀라운 기적을 많이 만들어 낸 민족으로 알려져 있었다.

고대에는 3,000번 이상의 외세의 침략을 받았음에도 단 한 번도 완벽하게 정복되지 않았으며, 근대에는 전쟁의 화마로 폐허가 된 상태에서 100년도 지나지 않아 세계적인 경제 대국이 되었다.

무엇보다 대격변으로 인류의 생존을 위협하는 몬스터의 출현 속에서도 그들은 엄청난 기적을 만들어 냈다.

그 작은 나라에서 어떻게 그런 일이 가능한지는 알 수 없지만, 두 번의 재앙급 몬스터 출현에도 큰 피해 없이 막아 낸 것은 물론이고, 최고의 헌터를 뜻하는 S등급 헌터도 무려 네 명이나 배출하였다.

강대국인 미국조차도 S등급 헌터는 세 명에 지나지 않았고, 유럽 각국도 두세 명만을 보유하는 것이 다였다.

아니, 유럽 국가 중에서는 S등급 헌터가 아예 없는 나라도 다수 존재했다.

그런데 동북아시아에 있는 한국은 겨우 인구 3,000만이 조금 넘는 가운데 S등급 헌터가 무려 네 명이나 되었다.

그리고 그중 한 명이 미국으로 파견을 나가 재앙급 몬스터 웨이브를 막아 낸 것은 물론이고, 초월급 몬스터의 출현을 혼자서 버텨 내면서 헌터들이 뒤로 물러날 수 있게 시간을 벌어 주었다.

이러한 사실을 당시에 텔레비전을 보며 자신들은 물론이고, 세계 많은 나라들의 정부 지도자들도 깜짝 놀랐다.

어떻게 인간이 혼자 재앙급 보스 몬스터를 상대할 수 있는지를 말이다.

막말로 인류사에 다시는 없을 절대 강자의 출현이었다.

그 정도면 신화 속에 나오는 영웅이나 미국 코믹스 속의

슈퍼 히어로와 비슷한 존재라 할 수 있었다.

그렇게 한국에 출현한 S등급 헌터와 그의 길드를 주시하면서 그들이 사용한 아티팩트에 대한 궁금증도 생겼다.

당시에는 당연히 미국이나 그에 준하는 무리가 그들에게 대여해 줬다고 생각했다.

S등급 헌터는 너무나도 특별한 존재이니 논외로 친다고 해도 현실적으로 아티팩트는 각국 정부로서 관심이 가지 않을 수 없는 물건이었다.

지금까지 5등급 이상의 몬스터를 단번에 죽일 수 있는 아티팩트는 하나도 존재하지 않았다.

그나마 알려진 아티팩트 중 가장 위력이 있다고 알려진 플레임 소드도 그 정도 위력은 아니었다.

그런데 한국의 헌터들이 사용한 창 아티팩트는 일반적으로 알려진 아티팩트보다 더한 위력을 가지고 있었다.

한데 놀라운 것은 그것뿐만이 아니었다.

100여 개나 되는 창이 모두 동일한 능력을 가지고 있다는 것이 각국 정부로 하여금 의심을 키우게 만들었다.

혹시나 누군가 아티팩트를 만든 것은 아닐까 하고 말이다.

말도 안 되는 의심이라고 생각했지만, 똑같은 모양, 똑같은 위력의 아티팩트는 지금까지 알려진 아티팩트에 대한 정의와는 너무나도 반대되는 것이기 때문이다.

그 때문에 많은 나라에서 한국의 헌터들에게 아티팩트를 건넸을 만한 곳을 예의 주시했지만, 미국은 물론이고 거대 단체들까지 그 어느 곳도 한국의 헌터들과 사전에 만난 곳이 없었다.

그중에서도 미국은 오히려 그 창을 구매하기까지 했다.

그러니 가장 유력한 후보는 바로 S급 헌터인 재식이라 할 수 있었다.

"그럼 가능성이 있는 것이군요."

하인리히 장관은 미하엘 총리의 말에 방금 전 읽은 편지의 내용이 충분히 가능할 것이라는 판단을 내렸다.

"나도 그렇게 생각합니다. 그런데 장관은 어떻게 했으면 좋겠습니까?"

미하엘 총리는 심각한 표정으로 물었다.

잘만하면 재앙급 몬스터 웨이브를 막아 낸 비밀 무기를 자신들도 구입할 수 있기 때문이었다.

"제 생각에는 한국에서 벌어질 경매에 참가하는 것이 좋을 것이라 판단합니다. 하지만 제 의견만 듣고 이런 중대한 문제를 판단하기에는 무리일 듯싶습니다."

심적으로야 바로 한국으로 날아가고 싶었지만, 아티팩트를 구매하는 일이었다.

엄청난 예산이 들어갈 것이 불 보듯 빤한데 이렇게 맘대로 할 수는 없었다.

"안보 회의를 열어야 하겠군요."

"그렇습니다."

"그럼 한 시간 뒤 안보 회의를 열겠습니다. 준비해 주세요."

미하엘 총리는 앞에 있는 하인리히 장관에게 빠르게 이야기하였다.

비록 자신과 반대편에 서 있는 사람이긴 하지만, 국가를 위한 마음은 그나 자신이나 같기 때문에 안보 회의를 여는 문제를 그에게 일임한 것이었다.

"알겠습니다."

뚜벅뚜벅.

하인리히 장관은 그렇게 총리와 이야기를 마치고, 안보 회의를 열기 위해 위원 소집을 하러 총리실을 나갔다.

한편, 하인리히 장관이 총리실을 나가자, 홀로 남은 미하엘 총리는 깊은 고민을 하기 시작했다.

그도 그럴 것이, 이번 한국에서 온 공문과 얼마 전 로마 교황청으로부터 날아온 한 장의 공문 사이에서 고민을 하게 된 것이었다.

*   *   *

헌터 전력이 무너져 한국의 성신 길드의 도움으로 겨우

살아나고 있는 일본에도 한국 헌터 협회에서 보낸 공문이 날아들었다.

그로 인해 일본의 헌터 협회장인 미야모토 신타로은 총리실로 불려 갔다.

"이보시오, 협회장."

"하이!"

"조선에서 이런 서류가 날아왔는데 회장은 어떻게 생각하시오?"

일본의 총리 고이즈미 도조가 물었다.

"더 이상 저희 대 일본 제국은 조선의 눈치를 보지 않아도 됩니다."

총리의 질문에 신타로는 정자세를 하며 대답하였다.

작년까지만 해도 일본은 성신 길드의 도움을 받으며, 무너진 헌터 전력으로 인해 불안에 떠는 일본 국민의 안전을 겨우 지켜 내고 있었다.

그런데 신의 가호인지, 올해 초 일본의 헌터 중 다섯 명이나 특별한 능력을 각성하게 되었다.

비록 헌터로서 레벨이나 등급은 아직 낮았지만, 지금까지 보지 못한 엄청난 능력을 가지고 있었다.

무려 동급의 몬스터를 조련하여 레이드를 하고 있던 것이다.

지금까지 인류가 몬스터를 조련할 수 있다는 사실이 알려진 것은 단 한 차례뿐이었다.

물론 그것도 원수와 같은 한국의 헌터.

하지만 그는 혼자였고, 자신들은 무려 다섯 명이나 되었다.

비록 그 한국의 헌터가 S등급이라 알려졌지만, 이대로 자국의 헌터가 제대로 성장만 한다면 자신들은 무려 다섯 명의 S등급 헌터를 보유할 수 있게 되는 것이었다.

그렇게 되면 S등급이 네 명뿐인 한국보다 한 명 더 많은 S등급을 보유하는 것이다.

더욱이 그들은 몬스터를 조련하는 것 외에도 또 다른 능력이 있었는데, 그것은 바로 아티팩트를 만들 수 있는 능력이었다.

다만, 일반적으로 알려진 아티팩트 사용법과는 상당히 달랐지만, 위력만큼은 알려진 기존의 것보다 더욱 뛰어났다.

게다가 그들이 만든 아티팩트로 협회의 직할팀을 무장시키고부터는 직할팀 소속 헌터들의 레벨이 빠르게 성장하고 있었다.

다만, 부작용이 하나 있었는데 성격이 조금 과격해져 사고를 친다는 것이었다.

하지만 그 정도는 기존의 헌터들에게서도 종종 일어나는 일이기에 그냥 넘어갈 수 있는 문제로 보였다.

"저희 대 일본 제국에도 아티팩트를 제작할 수 있는 능력을 가진 헌터가 있습니다. 아직 헌터들의 레벨이 낮아 잘 드러나지 않고 있지만, 조만간 일본 땅에서 조선인들을 모두 몰아낼 수 있을 것입니다."

"오호!"

일본의 헌터 협회장인 신타로의 이야기를 듣고 있던 도조 총리는 눈을 반짝이며 탄성을 질렀다.

이전 총리의 패착으로 일본의 경제는 물론이고, 국민의 안전까지 위협을 받게 되어 어쩔 수 없이 굴욕적이게도 한국의 헌터들을 본토에 들어오게 만들었다.

하지만 방금 헌터 협회장의 이야기를 듣고 나니 적잖이 안심되었다.

일본의 많은 것들이 조선으로 넘어간다고 생각했던 것이 조만간 역전이 될 것이라니, 도조 총리는 절로 미소가 지어졌다.

"좋아! 아주 좋아!"

7. 마족의 흔적

화르륵—

어두운 공방 안 한쪽 구석에 자리한 고로 속에서 검은 불꽃이 뿜어져 나왔다.

그 옆에 있는 조그만 모루에서는 예순은 훌쩍 넘어 보이는 장인 한 명이 나이가 무색할 정도로 강인한 근육을 꿈틀거리며 손에 든 망치를 내리치고 있었다.

깡, 깡, 깡, 깡!

그런데 무언가를 만들어 내는 공방이라면 무척이나 시끄럽고, 또 활기찬 모습이어야 할진데, 희한하게도 이 공방의 분위기는 무척이나 음침하고 괴기스러웠다.

깡, 깡, 깡, 깡!

노인은 붉게 달아오른 철을 두들기며 형태를 만들어 갔다.

그러다 철의 온도가 떨어지면, 다시 특이한 검은 불꽃이 넘실거리는 고로 안으로 쇠막대기를 집어넣었다.

그러고는 붉게 달아오른 다른 쇠막대기를 꺼내 들고 방금 전에 하던 작업을 다시 시작했다.

보통의 장인이라면, 한 개의 작품을 만들기 위해 다른 물건은 건드리지 않고 담금질과 망치질을 반복하는데, 지금 이 늙은 장인은 특이하게 동시에 무언가를 만들고 있었다.

어쨌거나 작업은 계속해서 진행되었고, 늙은 장인이 고로에서 쇠막대기를 꺼내 두드릴 때마다 점점 형태가 잡혀 갔다.

한참 작업이 진행되고서야 이내 정체를 알 수 있었는데, 그것의 모양은 일본 전통 검인 카타나였다.

그런데 장인이 카타나를 만들고 있을 때 이상한 소리가 들렸다.

"으으으……."

카타나를 만들고 있는 장인과 얼마 떨어지지 않은 구석에는 사람이 매달려 있었고, 그곳에서 작은 소리가 들려왔다.

하지만 늙은 장인은 신경 쓰지 않고 계속해서 하던 작업을 이어 나갔다.

"이, 이게 뭐야!"

기절해 있다 깨어난 그는 이내 자신의 상태를 깨닫고는 소리쳤다.

그런데도 카타나를 만들고 있던 장인은 남자의 목소리에 어떠한 반응도 보이지 않았다.

깡! 깡!

사내는 자신이 알몸이란 것도 잊고서 들려오는 망치질 소리에 장인을 불렀다.

"이봐요!"

알몸으로 두 손이 묶인 상태로 매달려 있는 사내는 목소리에 힘을 주어 큰소리로 노인을 불렀다.

이에 멈출 것 같지 않던 장인의 손이 잠시 멈추고는 시선이 돌아갔다.

"헉!"

장인과 눈이 마주친 사내는 순간 놀라 신음성을 흘렸다.

그도 그럴 것이, 늙은 장인의 눈이 이상했기 때문이다.

노인의 눈에는 눈동자가 전혀 보이지 않았다.

공방 내부의 조명이 밝지 않아 못 본 것이 아니라, 정말로 마주한 노인의 눈에는 하얀 흰자위만 있고 검은 눈동자가 보이지 않았다.

'이게 뭐야! 여긴 어디야?!'

자신이 알몸으로 묶여 있는 것과 실내의 음침한 모습도 충분히 공포스러웠으나, 정작 그를 더욱 패닉으로 몰아가는 것은 사람으로서 온기가 느껴지지 않는 노인이었다.

분명 노인이 검을 만들기 위해 망치질을 하고 있는 모습을 봤음에도 사내는 그가 인간처럼 보이지 않았다.

그 모습은 마치 마네킹이 인간의 모습을 흉내 내고 있는 것처럼 느껴졌다.

그러다 보니 사내는 본능적으로 강한 거부감과 공포를 느끼게 된 것이다.

깡! 깡! 깡! 깡!

노인은 하얀 백태만이 있는 두 눈으로 한쪽 벽에 묶여 있는 사내를 쳐다보다가 이내 다시 고개를 돌려 망치질을 시작했다.

그러다 어느 순간 망치질을 멈추고 조금 전까지 작업을 하던 카타나를 집어 자세히 살펴보았다.

아직 완성 단계는 아니지만, 검신이나 날이 곧게 뻗었는지 살피는 것이다.

그렇게 검신과 날을 살피고는 제대로 만들어진 것을 확인한 그는 그 다음 공정으로 넘어갔다.

그때까지도 늙은 장인은 사내에게 단 한마디도 걸지 않았고, 그 때문인지 사내는 더욱 공포감이 몰려왔다.

'날 어떻게 하려고…….'

문득 사내는 두려운 생각이 들었다.

오래 전, 전국 시대에 영주의 명령으로 장수들에게 나눠 줄 명검을 만들기 위해 장인들이 아주 특별한 칼을 만들었다는 내용의 다큐멘터리를 본 적이 있었다.

구전 설화와 같아 허무맹랑한 내용들이었다.

당시 영주의 명령을 받은 장인들은 명검을 만들기 위해 갖은 방법을 사용해 보았지만 자꾸만 실패를 하였다.

그런데 한 장인이 칼을 단단하게 만들기 위해 담금질 방법을 달리해 보았고, 그 방법은 차가운 물이 아닌 인간의 피를 사용한다는 것이었다.

이전에도 그와 비슷한 담금질 방법이 없는 것은 아니었다.

동물의 피를 이용해 칼에 주술적인 의식을 가미하여 칼을 보다 단단하게 만드는 방법이었다.

하지만 장인은 동물의 피가 아닌, 인간을 제물로 사용해 담금질을 완성하였다.

그 결과 제물이 된 인간의 영혼이 칼에 깃들어 그 어떤 명검보다도 단단하고 날카로운 칼날을 가지게 되었다.

그렇게 만들어진 검에 베인 사람은 상처에서 피가 흐르지 않고 죽었다는 내용도 함께 있었다.

물론 그게 사실인지 아니면 꾸며 낸 이야기인지는 알 수 없지만, 현재 공방 한쪽 구석에 매달린 사내로서는 자꾸만 그 이야기가 머릿속을 맴돌았다.

스윽!

그때, 카타나를 들고 작업을 하던 장인이 자리에서 일어나는 모습이 보였다.

"뭐, 뭐야!"

자신을 향해 말없이 다가서는 늙은 장인의 모습을 보던 사내가 소리쳤다.

하지만 아무리 사내가 소리쳐 봐도 장인은 아무런 대답 없이 사내를 향해 걸어왔다.

스윽!

사내의 앞으로 걸어온 늙은 장인은 아무런 말도 없이 검붉은 빛을 띠고 있는 검을 앞으로 내밀었다.

'헉!'

자신의 눈앞에 이상한 기운을 풍기는 검이 보이자, 사내는 속으로 신음성을 터트리며 어떻게든 그 검과 닿지 않기 위해 뒤로 물러났다.

하지만 매달려 있는 상태라 헛된 움직임일 뿐이었다.

사내는 노인이 자신을 죽일 거라 생각했는데, 예상과는 다르게 늙은 장인은 그에게 해코지를 하지 않았다.

대신 노인은 검을 들어 사내의 옆에 있는 기다란 사각 틀에 담긴 검은 액체 속에 그것을 담갔다.

치익!

그러자 검은 액체에 담긴 검이 뜨겁게 달궈진 쇠붙이가 식어 가는 소음을 냈다.

"윽!"

그런데 검은 액체에 들어간 검으로 인해서인지 고약한 냄새가 풍겨져 나왔다.

이를 맡은 사내는 순간적으로 코를 찌르는 감각에 인상을 쓰며 고개를 돌렸다.

하지만 그때까지도 늙은 장인은 묶여 있는 사내에게 관심이 없다는 듯 계속해서 작업을 이어갔다.

한 개의 작업이 끝나자, 또 다른 칼을 꺼낸 검신에 무언가를 바른 뒤 고로에서 뜨겁게 달궈 같은 작업을 반복했다.

덜컹.

끼이익—

그때, 지금까지와는 다른 소음이 들려왔다.

"여기요. 살려 주세요."

문이 열리는 소리가 들리자, 묶여 있던 사내는 필사적으로 살려 달라며 소리쳤다.

저벅저벅.

사내의 살려 달라는 목소리를 들은 것인지, 문을 열고 안으로 들어온 사람이 그가 묶여 있는 곳으로 걸어오고 있었다.

'살 수 있어! 살 수 있어!'

하지만 그런 희망은 빠르게 사라졌다.

그리고 희망이 사라진 자리에 최악의 절망만이 가득 피어났다.

털썩.

새롭게 나타난 존재는 커다란 무언가를 어깨에 메고 있었는데, 사내의 가까이 다가와 그것을 내려놓았다.

그러고는 묶여 있는 사내를 슬쩍 바라보다가 자신이 바닥에 던져 놓은 그것을 들어 사내의 옆에 묶기 시작했다.

그가 묶고 있는 것은 바로 사람.

새로 나타난 존재는 납치범이었다.

납치범은 지금 납치해 온 사람이 깨어나기 전에 양손을 묶어 공방 벽 근처 기둥에 묶었다.

저기 묵묵히 칼을 만들고 있던 늙은 장인이나 새롭게 나타난 납치범은 한통속인 것이다.

"당신들 누구야! 우릴 무슨 목적으로 납치해 온 거야?!"

철컹, 철컹!

사내는 납치범을 보며 고함을 지르고 몸부림쳤다.

그 때문에 양손을 묶고 있던 쇠사슬에 손목이 쓸리며 피가 나기도 했지만, 급박한 상황의 사내에게는 그러한 것이 느껴지지 않았다.

그저 살고 싶다는 생각과 납치범들에 대한 분노만이 머릿 속에 가득 차 있었다.

　　납치범은 자신을 향해 요란하게 떠드는 사내를 무시하고, 발걸음을 돌려 늙은 장인에게 다가갔다.

　　"카크로크, 어때 적응은 좀 했나?"

　　"칼리크, 나를 그렇게 부르지 마라. 여기서 내 이름은 마 사오다."

　　늙은 장인은 납치범에게 자신을 마사오라 부르라 하였 다.

　　"후후, 너를 카크로크가 아닌 마사오라 불러달라고 할 것 이면, 너 또한 나를 히데오라 불러야지."

　　겉모습은 전형적인 일본인들이었지만, 그 내부를 들여 다보면 이들은 일본인이 아닌 칸트라 차원의 마족들이었 다.

　　대마왕 번의 명령으로 지구에 침투한 마족 중 두 명이 이 곳에 있는 것이다.

　　하지만 이들은 처음 지구로 넘어올 때의 모습이 아니었 다.

　　처음 지구로 넘어온 마족들은 모두 열 명이었다.

　　그렇지만 지구로 넘어와 활동을 하는 과정에서 다섯 명이 어처구니없게도 몬스터에게 죽어 버렸다.

　　칸트라 차원에서라면, 손 한 번 휘두르는 것으로 처리

할 수 있는 몬스터에게 마족이 무려 다섯이나 희생된 것이다.

이게 어떻게 된 일인가 하면, 차원을 넘어 지구에 온 마족들은 지구의 환경에 적응하기 위해 본능적으로 지구인의 몸에 기생하였다.

칸트라 차원이라면 그냥 중간계에 현신하여 마력의 제한만 받겠지만, 이곳 지구에서 활동을 하기 위해서는 칸타라 차원보다 더욱 큰 제약이 따랐다.

그도 그럴 것이, 지구에는 칸트라와 다르게 마계와 같은 공간이 존재하지 않았기 때문이다.

하여 그들은 그냥 그대로 있다가는 형태를 이루는 마력이 대기 중에 흩어져 존재 의미가 사라질 지경에 이르기에 생존을 위해 숙주를 찾아야만 했다.

그래서 자신들이 넘어온 게이트 인근에 존재하는 숙주들에게 기생하였는데, 하필 기생한 생명체가 강인한 생명력과 전투력을 가진 존재가 아니라 오크 정도에 불과한 마력을 지닌 인간들이었다.

인간의 몸에 들어와 인간의 영혼을 먹어치우고, 그들이 가진 정보를 넘겨받아 활동할 수 있게 된 것까지는 좋았는데, 하필 근처에 숙주보다 더 강한 몬스터가 존재한 것이 문제였다.

그 때문에 마족들은 대마왕으로부터 부여받은 임무를 수

행하기 위해 어쩔 수 없이 몇 명의 마족을 희생시켰다.

한데 이후에 적응을 하고 기반을 닦는 과정에서 또다시 희생자가 나오면서, 현재 남은 마족의 숫자는 다섯으로 줄어들었다.

하지만 지구에 적응을 완벽히 하고, 나름 탄탄한 자리를 잡으면서 더 이상의 희생자는 나오지 않고 있었다.

다만, 아직도 마계에 있을 때의 능력과 비교하면 거의 개미와 같을 정도로 약해져 있어 조심해야만 했다.

더욱이 자신들이 활동하고 있는 땅에는 괴물이 존재하고 있었다.

인간이면서도 자신들이 마계에 있을 때와 비슷한 마력을 가지고 있는 존재가 이곳에 존재했다.

그런데 더욱 놀라운 사실은 그런 존재들이 다른 곳에는 더욱 많다는 것이다.

그나마 다행인 것은 그들이 애써 이 땅에 들어오지 않는다는 것 정도.

그리고 놀라운 게 하나 더 있었는데, 오크보다 힘도 없는 인간이 이 땅을 지배한다는 것이었다.

마족인 자신들이 보기에는 별로 강하지도 않은 벌레들인데, 어떻게 한 건지는 모르겠지만, 자신들을 위협할 만큼 강력한 인간까지 통제하고 있는 모습을 보면 이곳 차원은 참으로 이상한 세계였다.

강한 존재가 모든 것을 차지하는 마계나 칸트라 차원과는 전혀 다른 모습이었다.

하지만 그것이 꼭 자신들에게 나쁘지만은 않았다.

그만큼 이 세계에 파고들 틈이 있다는 것을 발견했기 때문이다.

그래서 살아남은 동료들은 어느 정도 힘을 회복하자, 대마왕에게 받은 임무를 수행하기 위해 다시 한번 숙주를 찾아 몸을 옮겼다.

차원을 막 넘었을 때는 급하게 숙주를 찾다보니, 제대로 된 숙주를 찾지 못했다.

다만 지구라는 곳은 꼭 전투력이 강한 몸을 가져야 할 필요는 없었기에 그나마 다행이라 할 수 있었다.

만약 이곳 차원도 칸트라 차원과 같은 세상이었다면, 임무를 수행하는 것에 많은 제약이 따랐을 것이었다.

너무나도 약한 이곳의 인간들이 지배자다 보니 다른 강력한 인간들의 눈을 피해 힘을 키우는 것이 쉽지 않았을 것이기 때문이다.

자칫 힘을 기르던 중 정체가 발각이라도 된다면, 아무것도 하지 못한 채 소멸될 수도 있었다.

그만큼 이 땅에 있는 강한 인간은 조심해야 할 정도로 강력한 존재였다.

최상급 마족과 비견되는 전투력을 가진 스케나톤을 죽인

존재가 이 땅에 자리 잡고 있으니 말이다.

"그건 내가 실수를 한 것이다."

"알겠다. 그건 그렇고 내가 만들어 달라고 한 것은 완성했나?"

칼리크는 빙그레 미소를 지으며 물었다.

"다행히 재료가 준비되어 거의 완성 단계에 이르렀다."

"그래? 그럼 완성까지 얼마나 더 기다려야 하지?"

애병의 완성이 얼마 남지 않았다는 말에 칼리크는 눈을 반짝이며 물었다.

"마법진을 그리고 네 마력과 제물의 피로 담금질을 하면 끝난다."

"아! 기대되는군."

칼리크는 늙은 장인의 모습을 한 카크로크의 대답에 기쁨의 탄성을 질렀다.

그리고 이들의 대화를 듣고 있던 사내는 알 수 없는 공포에 그만 실례를 하고 말았다.

*　　　　*　　　　*

김중배 협회장의 이름으로 각국에 공문을 보냈는데, 시간이 흐르고 돌아온 그들의 반응은 각기 다 달랐다.

미국의 경우에는 일개 헌터 협회의 협회장이 보낸 공문이지만, 이를 무시하지 않고 중요하게 생각했다.

이를 넘어서 미국은 공문을 받은 즉시 정부 인사, 그것도 부통령이 직접 수행원과 함께 한국으로 찾아왔다.

그러한 적극적인 모습과는 정반대로 이탈리아나 프랑스처럼 이를 무시하는 나라도 있었다.

특히 이탈리아의 경우에는 정부에 공문을 보내면서 일개 협회가 그러한 공문을 보낸 것은 외교적 결례라며 항의를 하기도 했다.

물론 그러한 항의는 한국 정부로서는 별로 신경 쓰지 않았지만 말이다.

대격변 이전이야 대한민국보다 이탈리아가 국제사회에서 위상이 더 높아 항의에 반응을 하겠지만, 지금은 대격변으로 세상의 관계가 모조리 바뀐 상태였다.

대격변 이전에는 어떨지 몰라도 현재 대한민국의 위상은 세계 정상급에 이르렀다.

가장 먼저 혼란을 잠재우고 몬스터에게 빼앗긴 국토를 회복한 나라.

넘치는 헌터 전력으로 해외 많은 나라에 용병을 파견하는 나라.

대한민국은 그렇게 다른 나라들이 자국 내 문제로 해외에 정신을 쏟을 수 없을 때, 유일하게 해외에 헌터를 파견하는 몇 되지 않는 나라가 되었다.

그러다 보니 이제는 세계 어느 나라도 대한민국을 무시하지 않았다.

혹시나 자신들에게 문제가 발생했을 때, 그나마 도움을 청할 수 있는 나라이기 때문이었다.

심지어 그 강대한 미국조차도 이번에 한국의 도움을 받아 위기를 넘겼으니 말이다.

이제는 한국과 국경을 맞대게 된 중국의 경우에는 오래전 대국이었고, 그러한 자존심 때문에 한국에서 날아온 공문의 내용에 관심이 있으면서도 애써 이를 외면하고 있었다.

어쨌든 이러한 두 종류 말고도 또 다르게 반응하는 나라가 있었다.

그 나라는 바로 일본이었다.

*　　　*　　　*

대한민국 헌터 협회장실의 소파에 앉아 있던 재식은 방금 김중배 협회장이 들려준 이야기에 깊은 생각에 잠겨 들었다.

톡. 톡.

팔걸이에 손가락을 두드리며 생각을 정리하던 재식은 뭔가 생각이 날 듯 말 듯하자 답답함만 커져 갔다.

헌터 강국인 미국도 이번에 자신이 내놓은 아티팩트를 구하기 위해 무려 부통령이 한국으로 날아왔다.

그런데 자체적인 헌터 전력이 무너져 아직도 회복되지 않은 일본이 이번 아티팩트 경매에 참여를 할 생각이 없다며 거절을 하다니.

경매 물품으로 나온 아티팩트를 구매할 수 있을 예산이 없다고 하면 그러겠거니 하고 넘어가겠지만, 일본이 아무리 헌터 전력과 경제가 무너졌다고는 해도 그 이전에 일본이 쌓아 놓은 부는 상당할 것이었다.

그러다 보니 이번 일본 정부의 반응이 뭔가 이상하다고 느껴지는 것이었다.

"일본에 특이 동향이 있나요?"

"특이 동향?"

"네. 재능이 뛰어난 각성자나, 아니면 저처럼 특별한 헌터용 장구류를 제작할 수 있는 장인이 나타난 경우 같은 거 말입니다."

재식은 자신이 생각할 수 있는 보편적인 것을 물었다.

중규모 헌터 길드를 운용하는 자신보다는 그래도 한 국가의 헌터들을 관리하는 헌터 협회가 정보력이 뛰어날 것이니 물어본 것이었다.

김중배 협회장은 재식의 말을 듣고는 잠시 생각에 잠겼다.

"음… 그러고 보니 일본에서 조금 이상한 말이 들려오고 있네."

"이상한 말이요?"

"그래. 얼마 전부터 일본에도 두각을 나타내는 헌터들이 몇 있는데, 특이하게도 언체인 길드원들처럼 성장 속도가 빠르더군."

"성장 속도가 빠르다……."

재식은 김중배 협회장의 말에 작게 중얼거리며 생각에 잠겼다.

그런 재식의 모습에 김중배 협회장은 하던 말을 잠시 멈추고는 그를 쳐다보았다.

"그것 말고는 없습니까?"

생각에 잠겨 있던 재식은 뭔가 생각이 난 것인지 또 다른 것이 없는지 물었다.

"음, 그러고 보니 또 특이한 것이 하나 있었네."

재식은 협회장의 말에 물었다.

"그게 뭡니까?"

"흠, 그게 말이야."

김중배 협회장은 작게 한숨을 쉬며 이야기를 하였다.

그의 말에 의하면 일본에서 몇몇 헌터가 사고를 쳤는데, 마치 무언가에 홀린 듯한 모습을 보이며 도심 한복판에서 난동을 부렸다는 것이다.

그것도 민간인을 상대로 칼까지 뽑아 들고 말이다.

그 때문에 일본에서는 현대판 사무라이의 난이라 명명할 정도로 엄청난 화제를 불러 모은 사건이었다.

"그런데 특이한 점은 그 일본인 헌터에 의해 희생된 사람들의 몸이나 현장 어디에도 핏자국이 전혀 남지 않았다는 것이야."

"네에?"

재식은 이해가 가지 않아 고개를 갸우뚱거렸다.

아무리 지금이 이상한 세상이 되었다고 해도 헌터가 난동을 부려 많은 희생자가 나왔는데, 현장에 핏자국이 하나도 없을 뿐만 아니라 몸에 있던 피도 모두 사라졌다는 말은 재식에게도 놀라운 이야기였다.

'설마!'

재식은 사고 현장에 피가 사라졌다는 말에 문득 떠오르는 것이 있었다.

그것은 바로 흡혈과 관련된 몬스터나 아니면 정령들이 경고하던 그것들과 관련이 있을 것이란 생각이 떠올랐다.

'그러고 보니 그놈들만 아직 모습을 드러내지 않고 있었어!'

생각해 보면 칸트라 차원의 다른 존재들은 모두 모습을 보였는데, 단 한 세력만이 아직까지 등장하지 않았다.

칸트라 차원의 정령계를 구성하던 정령들은 그들의 왕인

엘리오스의 명령으로 지구에 모습을 드러냈고, 재식과 인연을 맺어 백두산에 터전을 마련했다.

그리고 두 번째로 모습을 보인 것은 천계의 천사였다.

아직 그들과 접촉해 보지 않아 그들의 정확한 목적은 알수 없지만, 처음 등장할 때 인간의 편에서 몬스터를 물리치는 모습을 보였기에 아직은 두고 볼 생각이다.

세 번째로는 칸트라 차원의 중간계를 지배하는 용족의 등장이었다.

당시에 재앙급 몬스터 웨이브를 일으키며 등장한 그것들의 목적은 확실했다.

정령들에게서 들은 것처럼 이곳 지구의 지배종인 인류를 멸망시키고, 지구를 자신들이 차지하려는 목적을 가진 것이다.

그런데 이들 용들보다 더 욕심이 많고, 또 음모와 파괴를 일삼는 마계가 아직까지 등장하지 않고 있었다.

마계의 존재를 처음 알게 된 것은 지구에 처음으로 등장한 정령들에게서다.

당시에 대마왕 번의 계획은 물의 최상급 정령인 슈마리온을 오염시켜 그가 가지고 온 정령수의 씨앗을 마계수의 씨앗으로 바꾸는 것이었다.

그 씨앗을 심어 정령계가 아닌 마족이 100%의 힘으로 확보할 수 있는 땅을 만들려는 음모였다.

다행히 재식이 끼어들어 대마왕의 명령을 받고 온 광기의 정령 메드니스를 소멸시키면서 마계의 존재를 알게 되었다.

하지만 마계의 존재들은 그 뒤로 전혀 소식이 없었다.

분명 정령계나 천계 그리고 중간계 존재들이 지구에 어떤 목적을 가지고 등장했다.

하여 마계의 존재들도 당연히 지구에 모습을 드러낼 것이라 생각했는데, 그 어느 곳에서도 그들의 흔적은 발견되지 않았다.

그렇게 시간이 흐르다 보니 마계를 잠시 잊고 있었다.

그런데 이렇게 가까운 곳에서 마계의 흔적이 들어날 줄은 재식도 예상하지 못했다.

"왜? 뭐 생각나는 것이라도 있나?"

반응을 보이는 재식의 모습에 김중배 협회장은 고개를 갸웃거리며 물었다.

"음, 회장님……."

재식이 은근한 목소리로 김중배 협회장을 불렀다.

"왜? 무슨 할 말이 있나?"

재식의 반응에 김중배 협회장은 긴장하며 물었다.

"전에 제가 한 이야기 기억나십니까?"

"이야기? 무슨 이야기 말인가?"

김중배 협회장은 갑자기 자신이 한 말이 기억나느냐는 재식의 질문에 그가 자신에게 하려는 말이 무엇인지 더욱 알

수가 없어 고개만 갸웃거렸다.

"작년 정부에서 시작한 국토 수복 계획을 진행하는 중 봉래호에서 일어난 사건 있지 않습니까?"

"아, 그거!"

그제야 김중배 협회장도 기억이 난듯 그렇게 반응하였다.

"현재 인류를 위협하는 몬스터는 지구의 신이 다른 차원의 존재들을 불러들인 것이란 것을 전에 이야기해 드렸죠?"

"그래, 그랬지."

재식의 말에 김중배 협회장은 고개를 끄덕이며 전에 재식이 들려준 이야기를 떠올렸다.

"지구의 신과 그곳의 지배자들이 계약을 하고 몬스터들을 지구로 보내게 되었는데, 그곳의 지배자들 중 일부가 계약과 다른 마음을 품었다는 것도 기억나십니까?"

"그래 자네가 이야기하지 않았나? 그 뭐야, 용들의 우두머리와 천사들의 우두머리, 그리고 마계의 대마왕이 계약과 다르게 이곳 지구로 넘어오려 한다고 했지 아마?"

김중배 협회장도 작년 재식이 들려준 이야기가 모두 떠올랐는지 하나씩 나열하였다.

"맞습니다. 정령들이야 신과 약속한 대로 최상급의 존재들과 그 밑에 있는 등급의 정령들만 넘어왔는데……."

슈마리온에게 들었던 이야기를 김중배 협회장에게 다시

한번 들려준 뒤 재식은 칸트라 차원의 존재들의 행방에 대해 이야기를 하였다.

그런 재식의 이야기를 모두 들은 김중배 협회장은 눈이 엄청나게 커졌다.

"그럼 미국에서 벌어진 것도 한 세력이 벌인 일이란 말인가?"

너무나도 놀란 김중배 협회장은 이야기를 들었으면서도 다시 한번 확인하고 싶은 것인지 재차 물었다.

"네. 저와 상대하던 그놈이 그렇게 이야기를 했습니다."

재식은 몬스터 웨이브 당시 대지의 용, 타르쿠스의 이야기를 떠올렸다.

"다른 놈들의 도움 따위 없이도 이곳 차원으로 넘어올 수 있는 방법을 찾았다. 그리고 그 시작은 내가 될 것이다."

아직도 그의 머릿속에는 당시 대지의 용이 떠들던 목소리가 들리는 듯했다.

자신감 넘치던 그놈의 목소리는 절대 거짓이 아님을 알려주는 것 같았다.

더욱이 소설에도 용은 절대로 거짓을 말하지 않는다고 자주 표현되었다.

아니, 거짓을 말하는 것은 인간뿐이었다.

자신의 이득을 위해 다른 사람을 속이는 존재는 인간뿐이다.

그것이 칸트라 차원이든 이곳 지구이든 말이다.

칸트라 차원의 인간은 그 때문에 멸망하였다.

조그만 이득을 위해서라면 같은 인간도 그리고 다른 종족에게도 서슴없이 거짓을 일삼던 칸트라 차원의 인간은 그렇게 욕심 때문에 거짓을 일삼다가 멸망했다.

물론 인간들이 거짓을 하는데 큰 영향을 미친 것은 마계나 천계 등의 영향이 분명 있었다.

그렇지만 그 영향이 있었다고 해도 그 파멸의 길을 간 것은 인간 스스로였다.

대지의 용은 그렇게 자신의 말이 진실이며, 지구의 인간들도 칸트라 차원의 인간들이 그런 것처럼 멸망할 것이라 말했다.

그리고 그 자리는 칸트라 차원에서 이미 벌어진 일과 같이 자신들 용종이 지구를 지배할 거라 확신했다.

참으로 뻔뻔한 말이지만, 당시 재식은 그 말을 반박할 수가 없었다.

인간은 언제나 그랬다.

자신의 이득을 위해서 거짓과 위선을 일삼았으며, 그것은 재식 본인도 마찬가지였다.

많은 것을 가졌으니, 이제는 베풀 수도 있었다.

하지만 재식은 그렇게 하지 않았다.

그저 자신의 주변만 잘 살면 되는 것이라 생각하며, 길드원이나 헌터 협회의 관계자들에게만 자신이 가진 것의 일부를 공유했을 뿐이다.

하나 재식은 그런 말을 들었다고 해서 굳이 자신이 가진 모든 것을 다른 사람들과 공유할 생각은 없었다.

인간은 원래 그렇게 이기적으로 만들어진 존재다.

아니, 이성을 가진 존재들은 인간이 아니더라도 본인의 이익을 위해 다른 존재의 희생을 당연시했다.

당시 떠들던 대지의 용도 따지고 보면 자신의 생존을 위해 다른 세계를 침공하여 인류를 위협하고 있는 것이었다.

그러면서 인간은 이기적이고, 거짓된 존재라며 멸망하는 것을 당연시하다니.

참으로 어처구니없는 이야기였다.

자신들이 인간보다 격이 높은 존재들이니, 더욱 오래 생존해야 한다는 생각이 이기적인 인류와 다를 것이 없었다.

이런 생각을 다시 한번 떠올린 재식은 차분히 이야기를 이어 나갔다.

"그렇게 칸트라 차원을 나눠 지배하는 세 개의 세력이 모습을 드러냈습니다. 한데 정작 가장 먼저 음모를 꾸미던 마계의 존재들이 모습을 드러내지 않고 있는 상태입니다. 협회장님은 그들이 지구 침공을 포기할 것이라 보십니까?"

재식은 은근한 목소리로 김중배 협회장에게 질문을 하였다.

"혹시 그럼 그들도 이미 지구로 넘어와 어딘가에서 자리를 잡기 위해 준비하고 있다고 생각하는 것인가?"

"네. 제 생각은 그렇습니다. 그리고 그중 가장 유력한 곳이 바로 이번 저희의 행사에 참여하지 않겠다고 한 국가들 중 하나일 공산이 큽니다."

"음……."

김중배 협회장로서는 쉽게 흘려들을 이야기가 아니었다.

몬스터만 해도 인류에게는 생존을 위협하는 무시무시한 존재들이다.

그런데 인류를 위협하고 있는 몬스터는 사실 칸트라 차원이라는 곳에서 그곳을 지배하는 존재들이 아니라 일개 하층민을 뿐이었다.

그리고 그런 몬스터의 위에 정령이나 천사, 또는 마족이란 것들이 존재하고 있고, 인류가 재앙급 몬스터 부르는 존재들도 산재해 있었다.

그중 마계의 존재들은 다른 것들과 달랐다.

천사들은 그나마 인류와 공존이 가능해 보였고, 정령들이야 질서를 유지하는 존재들이니 두말할 것도 없었다.

인류에게 크게 해가 되는 존재들은 바로 인간을 벌레처럼 보는 용들과 마족들이었다.

어차피 인간의 입장에서 용들도 몬스터와 마찬가지이니, 생존을 위해 싸워야 할 존재들이다.

하지만 마족은 달랐다.

놈들은 자유자재로 모습을 바꿀 수 있었고, 그런 마족들은 몬스터와 같이 외부적인 공격이 아니라 내부에서부터 뿌리를 갉아먹을 것이었다.

그러한 마족이 한 나라에 이미 침투하여 활동을 한다고 하니, 김중배 협회장은 걱정될 수밖에 없었다.

"그럼 어떻게 해야 하나?"

김중배 협회장은 마족에 대해 명칭이나 그들의 목적에 대해서만 재식에게 들어 알고 있을 뿐이지, 더욱 자세한 것은 알지 못해 물었다.

"아무래도 그것들은 일본에 있는 것이 유력하니, 일본의 움직임을 예의 주시해야 합니다."

"물론 그렇다면 그렇게 해야지. 그런데 일본은 현재 성신 길드의 세력권이라……."

현재 성신 길드는 대한민국에서 헌터 협회를 빼고 사실상 제1의 헌터 집단이라 할 수 있게 되었다.

그렇다 보니 헌터 협회라도 성신 길드가 완벽하게 자리를 잡고 있는 일본에서 정보를 취득하는 것은 쉽지 않았다.

더욱이 그곳은 한국 정부도 함부로 할 수 없는 타국이었다.

"그래도 해야 합니다. 백강현 길드장에게 어느 정도 정보를 주더라도 말입니다."

재식은 성신 길드나 퇴출을 당할 당시 위협하던 백강현도 싫었지만, 그것과 마족은 다른 문제였다.

그렇기에 마족과 관련된 일이라면, 어느 정도 정보를 넘기더라도 주시해야 한다고 생각했다.

8. 경매를 준비하며

거대한 동공.

넓이만 해도 축구장만큼이나 넓고 천장 높이만 해도 50m는 되어 보이는 아주 넓은 장소에서 거대한 몬스터가 비명을 지르고 있었다.

구워억!

괴성을 지르며 꿈틀거리는 몬스터의 정체는 바로 자이언트 앤트 라이언이었다.

세계 헌터 연맹의 분류법에 따라 7등급 엘리트 몬스터라는 높은 등급을 가지고 있었다.

자이언트 앤트 라이언은 6등급 보스 몬스터에 근접한 몬스터로 강력한 육체적인 힘을 갖은 것은 물론이고, 단단한 외피와 서식지가 잘 발견되지 않기 때문에 레이드를 하기 무척이나 까다로운 몬스터였다.

뿐만 아니라 자이언트 앤트 라이언은 몸을 땅속에 은신한 다음 먹잇감이 그 위를 지나갈 때 기습적으로 나타나 낚아채는 방식으로 사냥을 하다 보니 더욱이 레이드하기가 힘들었다.

그런데 지금 그러한 자이언트 앤트 라이언이 어떤 존재에 의해 일방적으로 사냥을 당하고 있었다.

자이언트 앤트 라이언은 몬스터 중에서도 상위 포식자에 해당하는 몬스터였다.

그러한 녀석이 어떻게 자신보다 한참이나 작은 존재에게 일방적으로 당하고 있는지 알 수 없을 노릇이었다.

더욱이 작은 존재는 겨우 2m 정도로 자이언트 앤트 라이언과 비교하면, 십분의 일도 안 될 정도로 아주 작았다.

획, 휘익—

퍽! 퍽!

구워어어어억!

2m의 검은 그림자는 잔상을 만들며 빠르게 이동을 하면서 자이언트 앤트 라이언이 볼 수 없는 사각으로 파고들었다.

덕분에 비교적 얇은 관절 뒷부분을 공격할 수 있었고, 그런 검은 존재의 공격에 자이언트 앤트 라이언은 별다른 반격도 하지 못한 채 그저 당하고만 있을 수밖에 없었다.

그렇게 일방적인 싸움이 진행되고 20여 분쯤 더 시간이 지나자, 더 이상 공격을 감당하지 못하고 거대한 몸체를 대지에 뉘었다.

쿵!

자이언트 앤트 라이언을 일방적으로 몰아붙이며 사냥을 끝낸 존재는 거칠게 숨을 내뱉었다.

아무리 일방적인 싸움이라고 하지만, 일단 자이언트 앤트 라이언과 그의 체급 차이가 엄청났다.

그 때문에 단 한순간이라도 방심하다가 자이언트 앤트 라이언에게 공격을 허용하게 되면, 그가 아무리 강하다고 해도 치명상을 입을 수밖에 없었다.

그러다 보니 그는 주의하며 계속해서 자이언트 앤트 라이언을 무력화시키기 위해 빠르게 움직여야만 했고, 그렇게 바쁜 전투가 끝나고 나니 체력이 바닥나 가쁜 숨을 몰아쉬고 있는 것이었다.

저벅저벅.

검은 존재와 자이언트 앤트 라이언의 전투가 끝나자, 뒤쪽에서 접근하는 발자국 소리가 들렸다.

이에 그가 조용히 몸을 돌려 다가오는 존재를 쳐다보았다.

"수고하셨습니다."

"기다리면 나갈 건데 뭐 하러 들어왔어."

자신을 보며 인사하는 이를 보며 투덜거리듯 말을 하였다.

"웬만하면 그러려 했는데, 협회에서 이런 게 날아왔습니다."

사내는 품에서 무언가를 꺼내 그에게 넘겨주었다.

"음, 잘 보이지 않군. 조금 밝은 곳으로 가지."

"예. 그런데 이건 어떻게 할까요?"

편지를 건네준 사내는 뒤쪽에 남아 있는 자이언트 앤트 라이언의 사체를 바라보며 물었다.

"저건 평소대로 처리해."

저벅저벅.

뒤도 돌아보지 않고 지시하고는 동공 가장자리에 햇빛이 드는 곳으로 걸어갔다.

밝은 곳으로 나온 그의 정체는 바로 대한민국의 세 번째 S등급 헌터, 백강현이었다.

불철주야 인류의 안전을 위해로 시작한 편지는 상당히 많은 부분을 칸트라 차원의 대해 설명하고 있었다.

그렇게 기나긴, 마치 판타지 소설의 설정집을 읽는 듯한 착각이 들게 하는 편지를 쭉 읽어 내려갔다.

그렇게 끝 쪽에 다다르자, 협회장이 편지를 보낸 이유가 적혀 있었다.

　…마계의 존재들이 일본에 스며들어 무언가 음모를 꾸미려는 것 같으니 이를 조사해 주길 바라네. 이들 마계의 존재들은 인류를 위협하는 다른 두 존재보다 더 위험하니, 백 길드장께서 신경을 써 주면 한 명의 헌터이자, 이 세상에 속한 인간으로서 정말 감사하겠네.

　그리고 도움이 필요하면 지원군을 보낼 테니, 너무 무리하지 마시게나.

　대한민국 헌터 협회장, 김중배.

　자신이 자리를 잡고 있는 이곳 마계의 마족들이 숨어들었다는 이야기였다.

　백강현은 이런 소설 같은 김중배 협회장의 편지 내용에 이것을 믿어야 할지, 아니면 그냥 무시해야 할지 갈피를 잡을 수가 없었다.

　하지만 그냥 무시하기에는 편지 속에 담긴 내용과 현재 전 세계적으로 벌어지고 있는 상황들이 너무나도 절묘하게 들어맞았다.

　그렇다고 편지의 내용만 믿고, 주구장창 일본에서 마족들을 찾아다닐 수도 없었다.

일본이 한국처럼 작은 땅도 아니고, 또 그런 일을 한다고
해도 알아줄 사람도 없었다.

그러니 성신 길드로서는 아무런 메리트가 없는 일.

"무슨 내용입니까?

헌터 협회에서 보낸 편지를 가져온 이종섭은 자이언트 앤
트 라이언의 처리를 길드원에게 지시하고, 백강현에게 다가
와 물었다.

하지만 백강현은 그의 질문에 아무런 대답을 하지 않고
조용히 편지를 이종섭에게 건넸다.

턱!

이종섭은 자신에게 편지를 건네는 백강현을 잠시 쳐다보
다가 그가 건네주는 편지를 받아 읽기 시작했다.

"음……."

편지를 읽던 이종섭의 입에서 앓는 듯한 신음성이 터져
나왔다.

지금까지 한 번도 생각지도 못한 비밀이 편지 안에 들어
있기 때문이었다.

"정말 이게 사실이란 말씀이십니까?"

도저히 믿을 수 없는 내용에 자신도 모르게 고개를 들어
백강현에게 물어보았다.

"그야 나도 모르지."

하지만 백강현도 지금 전달받은 탓에 편지의 내용이 사실

인지, 아니면 꾸며 낸 이야기인지는 알지 못했다.

그렇지만 헌터 협회의 김중배 협회장이 자신을 상대로 거짓말을 할 이유가 없다는 것은 그도 잘 알고 있었다.

"다만 협회장이 나를 상대로 거짓말을 해서 득볼 것이 없다는 것은 알지."

너무나 담담히 이야기하는 백강현을 보는 이종섭은 자신도 모르게 다시 한번 신음성을 흘렸다.

"흠, 여기 담긴 내용이 사실이라면, 길드장님께서는 어떻게 하시겠습니까?"

편지의 내용이 사실이라면 이것은 무척이나 심각한 문제였다.

다른 것도 아니고 인류의 생존에 대한 비밀과 밀접한 연관이 있는 내용이기 때문이다.

"내용이 사실이라면 참으로 심각한 문제가 아닐 수 없기는 한데 말이야……."

말을 하면서도 백강현은 선뜻 어떻게 해야 할 것인지 판단이 서지 않았다.

굳이 자신이 나서서 이런 일을 해야 할지도 의문이었다.

다군다나 이곳 일본에서는 헌터 협회장 이상의 권력을 가지고 있는 자신이다.

그런데 정확하지도 않은 정보를 가지고 이득도 없는 일에 움직인다는 것이 싫었다.

하지만 반대로 편지의 내용이 사실이고, 또 편지에 언급한 것처럼 마족이란 것이 정말로 몬스터보다 더 위험하면 실로 심각한 일이 아닐 수 없었다.

그들이 일본에서 음모를 꾸미고 있다면 분명 자신의 이익과 대립하고, 또 침해를 받게 될 것은 분명한 사실이었다.

이득이 없는 곳에 움직이는 것도 싫지만, 자신의 것이 침해 받는 것은 더욱 싫었다.

재앙급 몬스터를 초월한 야마타노 오로치를 사냥하면서 그와 비슷한 이야기를 잠깐 듣기는 했다.

그리고 이를 잊어버리고 있었다.

한데 이번에 헌터 협회장의 편지를 받고서 그것을 떠올리게 되었다.

백강현은 편지의 내용이 사실이란 것을 알 수 있었지만, 애써 이를 무시하고 있는 중이었다.

"그나저나 내가 알아보라고 한 것은 조사했나?"

아직 어떻게 할지 결론을 내리지 못한 백강현은 말을 돌려 다른 지시를 수행했는지 물었다.

"길드장님 뒤로 S등급 헌터에 오른 그에 관한 것 말씀이십니까?"

"그래. 장미 말대로 길드에서 퇴출된 그놈이 맞아?"

백강현은 자신의 뒤로 대한민국에 네 번째로 S등급 헌터가 된 재식에 대한 정보를 알아보라고 했다.

이는 한국에 다녀온 백장미로부터 놀랄만한 이야기를 들어서였다.

그런데 이상한 것은 성신 길드 정도의 헌터 길드라면 진즉 그러한 정보를 알아낼 수 있었을 것인데, 네 번째 S등급 헌터의 이름이 자신의 길드에서 퇴출된 반푼이 헌터인 정재식과 이름이 같다는 것 외에는 알 수가 없었다.

물론 S등급 헌터에 관한 정보는 기밀 중에서도 최고 등급에 해당하는 정보다.

S등급 헌터가 한 명 있는 것과 없는 것은 엄청난 차이로, 재앙급 몬스터를 사냥하기 위해선 S등급 헌터는 꼭 필요한 존재이기 때문이다.

그렇기 때문에 S등급 헌터가 없는 나라에서는 어떠한 조건을 주고서라도 S등급 헌터를 데려오려고 할 것이고, 또 S등급을 보유한 나라에서도 될 수 있으면 더 많은 S등급 헌터를 보유하려고 했다.

때문에 각국은 자신들이 보유하고 있는 S등급 헌터를 최대한 숨겼다.

그래야 자신들의 안전은 물론이고, 국민의 안전 또한 몬스터로부터 지킬 수 있기 때문이었다.

하지만 S등급 헌터의 정보를 숨기는 것은 여간 쉬운 일이 아니다.

사실 S등급 헌터는 그 등급에 오르기 전부터 활약하기에 이름이 널리 알려지기 때문이었다.

백강현 이전에 무신 이용진이 그랬고, 뇌신 김현도 마찬가지였다.

그리고 백강현 또한 활발한 몬스터 사냥을 하면서 이름이 알려진 상태에서 S등급 헌터에 올랐다.

그런데 특이하게도 대한민국에 네 번째로 등장한 S등급 헌터는 그렇지 않았다.

어느 날 갑자기 뜬금없이 나타나 재앙급 몬스터를 사냥한 것은 물론이고, 길드를 만들고 활동을 함에도 그에 관련된 정보가 별로 없었다.

알려진 것이라고는 그저 그가 어떤 몬스터를 사냥했고, 어떤 활약을 한지만이 대중에 알려져 있었다.

그런데 더욱 이상한 점은 이런 정보들을 헌터 협회에서 막고 있다는 것이다.

외부에 알려지면 안 되는 비밀이라고는 하지만, 어차피 S등급 헌터의 거취는 누가 막을 수 없는 일이다.

그럼에도 어떻게 된 일인지 대한민국의 네 번째 S등급 헌터는 마치 헌터 협회의 지시를 받고 움직이는 사람처럼 철저히 헌터 협회의 이득과 연관되어 움직이고 있었다.

물론 그건 재식에 대해 잘 알지 못하고, 또 재식이 김중배 협회장과 어떤 식으로 계약을 하고 있는지 모르기에 하는 생각이지만 말이다.

"헌터 협회에서 정보를 틀어막고 있는 관계로 알려진 내용 외에는 더 이상 알려진 것이 없습니다. 아, 그러고 보니!"

이야기를 하던 중 이종섭은 문득 뭔가 생각나는 것이 있었다.

"왜? 뭐 다른 것이 있나?"

"예. 다름이 아니라 얼마 전 그가 미국에서 재앙급 몬스터 웨이브를 막아 낼 때 사용한 아티팩트를 판매할 것이란 정보를 들었습니다."

이종섭은 헌터 협회에 있는 인맥으로부터 들은 정보 하나를 백강현에게 이야기하였다.

"그래? 그럼 그 아티팩트가 누군가에 의해 제작된 것일 수도 있다는 소문이 사실이라는 말이야?"

언체인 길드가 미국에서 발생한 재앙급 몬스터 웨이브를 막을 때 사용한 창들이 하나같이 너무나도 똑같은 성능의 아티팩트다 보니 많은 사람들이 그런 생각을 했다.

물론 그러한 주장은 생각보다 크게 번지지는 않았다.

대격변 이후 몇 십 년이 흐르는 동안 단 한 번도 그런 비슷한 것을 만들었다는 사람이나 헌터가 없었기 때문이었다.

기본적으로 아티팩트는 무조건 던전에서만 출토된다는 것이 정설이었다.

"예. 3년 전에 헌터 협회에서 양평에 출현한 재앙급 보스 몬스터를 레이드하고, 거기에 참가한 헌터들에게 대량의 아티팩트를 뿌린 적이 있습니다."

"아, 생각나는군. 계속 얘기해 봐."

백강현은 3년 전에 있던 재앙급 보스 몬스터 레이드와 함께 화제가 된 대량의 아티팩트가 헌터들에게 풀린 것을 기억해 내며 이종섭의 이야기에 답했다.

"당시 잠시 언급되었다가 이내 잠잠해지긴 했지만, 사실 그때, 헌터 협회 직속 헌터들의 경우에는 엄청난 전력을 확보했다고 합니다."

"그건 또 무슨 소리지?"

이종섭의 이야기를 듣고 있던 백강현은 예상치 못한 내용에 눈을 동그랗게 뜨며 물었다.

지금까지 헌터 협회와 대형 헌터 길드 간에는 보이지 않은 힘겨루기가 상당히 있었다.

즉, 통제를 하려는 이와 통제에서 벗어나려는 이들의 눈치 싸움이었는데, 헌터 협회에서는 어떻게든 헌터 길드들을 통제 범위 안에 두려고 안간힘을 써 왔다.

그러한 목적으로 헌터 협회는 운영 예산의 독립을 원했고, 한편으로는 무력을 증진시키려 무던히 노력을 하였다.

하지만 헌터 길드의 경우에는 이와 반대로 어떻게 하든 헌터 협회의 통제에서 조금이라도 더 벗어나기 위해 애썼는데, 그 방편으로 재계와 손을 잡고 헌터 협회의 운영 예산과 무력을 조금이라도 감소시키기 위한 작업을 병행했다.

그 방법으로 사용한 것은 정치권을 이용한 자금 압박과 헌터 협회 소속 헌터들을 높은 연봉을 미끼로 빼가는 일이었다.

실제로 그런 방법은 너무나도 잘 들어 먹혀 헌터 협회의 영향력은 점점 줄어만 갔다.

그런데 그런 방법이 어느 순간부터 통하지 않게 되었고, 어느새 헌터 협회는 독립기관으로서 운영 예산을 자체적으로 조달할 수 있게 됐다.

그뿐만 아니라 자체 무력 또한 직할 헌터들을 이용해 재앙급 몬스터를 레이드할 수 있는 지경에까지 이르렀다.

어떻게 그럴 수 있었는지 뒤늦게 조사를 하였지만, 이미 정치권의 통제를 벗어나 하나의 독립기관으로서 확실하게 자리 잡은 헌터 협회를 조사하기는 어려운 일이었다.

다만, 헌터 협회 직원들을 통해 간간히 들리는 정보들을 바탕으로, 헌터 협회의 역량이 확대된 것이 대한민국의 네 번째 S등급 헌터와 연관이 있을 것이란 추측만 할뿐이었다.

"그게 사실인가?"

백강현은 놀란 눈으로 재차 물었다.

"네. 그 당시 헌터 협회에서 그 정도 대량으로 아티팩트를 구입할 예산이 없었을 뿐만 아니라, 헌터 옥션 어디에서도 그 정도 물량을 판매한 이력이 없습니다."

"허, 놀랍군. 아주 놀라워."

백강현은 이야기를 들을수록 놀라움만 가득했다.

그리고 한편으로 자신이 얼마나 큰 행운을 자신의 손으로 던져 버렸는지를 깨달았다.

'정말로 아깝구나.'

혹시나 자신의 손으로 길드에서 퇴출시킨 헌터가 그런 능력을 가진 존재가 되었을지도 모른다는 생각이 들자, 속으로 그런 생각을 하였다.

아직 확실한 것은 아니지만, 이종섭이 조사한 것이라면 거의 확실한 것이나 다름없었다.

그러니 더욱 아쉬운 생각이 들 수밖에.

*　　　　*　　　　*

대한민국 헌터 협회 직원들은 출근을 하자마자, 이른 아침부터 분주하게 움직였다.

이는 아이템 판매 사업부뿐만 아니라 모든 직원들이 그러하였다.

그도 그럴 것이, 오늘은 헌터 협회로서 무척이나 중요한 날이기 때문이었다.

세 달 전부터 준비하던 행사가 오늘 저녁에 진행이 되기 때문이었는데, 그 탓에 오늘은 하루 종일 바쁠 것이 빤했다.

저벅저벅.

"빨리 움직여!"

"거기! 통로에 걸리적거리는 것들 치우라 했잖아! 왜 저런 게 아직도 남아 있는 거야!"

상급자로 보이는 이들은 부하 직원들에게 닦달하며 지시를 내리고 있었다.

그리고 그런 상급자들의 지시를 받고 있는 이들은 구슬땀을 흘리며 지시에 따라 분주히 움직였다.

"김 과장, 일은 차질 없이 진행되고 있는 거지?"

언제 왔는지 김인수 부장이 한참 부하 직원들에게 지시하고 있는 김종인 과장에게 다가와 물었다.

"부장님, 오셨습니까? 예. 차질 없이 준비하고 있습니다."

"그래. 한 치의 유감없이 완벽하게 진행되어야 하네."

김종인 과장의 대답에 김인수 부장은 흡족한 미소를 지었다.

그러고는 한창 바쁘게 준비하고 있는 직원들의 모습을 잠시 둘러보다가 마음에 들었는지, 잘하고 있다는 듯 어깨를 두어 번 두드리고는 다른 곳으로 걸어갔다.

그런 김인수 부장의 멀어지는 모습을 보고는 김종인 과장은 들리지 않게 한숨을 쉬며 긴장을 풀었다.

이내 김인수 부장의 모습이 어느 정도 멀어지자, 다시금 고개를 돌려 부하 직원들에게 지시를 내리기 시작했다.

"그건 거기다 말고, 입구에 놓으라고 했잖아!"

잠시 김인수 부장과 이야기를 나누고 있느라 신경을 쓰지 못하고 있었는데, 부하 직원들이 옮겨야 할 물건들을 엉뚱한 곳으로 옮기는 것이 눈에 띄자 김종인은 급하게 소리쳤다.

그런 김종인 과장의 목소리를 들었는지, 저 멀리 걸어가던 김인수 부장은 잠시 발걸음을 멈추고 뒤를 돌아보며 미소를 지었다.

'내가 직원 하나는 잘 뽑았다니까.'

김인수 부장은 그렇게 김종인 과장이 업무를 처리하는 모습을 보며 흐뭇해하였다.

김종인 과장의 모습을 흐뭇하게 보던 김인수 부장은 로비 한쪽에 있는 시계를 보고 깜짝 놀랐다.

'벌써?'

김중배 협회장과 면담을 할 시간이 얼마 남지 않은 걸 확인했기 때문이다.

*　　　*　　　*

똑똑똑.

한창 이야기를 나누고 있는데 갑자기 문에서 노크 소리가 들렸다.

이 때문에 이야기를 나누던 김중배 협회장과 재식의 대화가 잠시 중단되었다.

"들어와요."

김중배 협회장은 노크 소리에 문 쪽을 보며 나직하게 대답을 하였다.

"조금 늦었습니다."

김인수는 협회장실로 들어서면서 고개를 숙이며 사과하였다.

"아닐세. 아직 늦지 않았다네. 허허허."

회장실로 들어오면서 사과를 하는 김인수의 말에 김중배 협회장은 시간을 확인하고는 웃으며 대답했다.

실제로 김인수 부장이 제시간에 왔기 때문이다.

그런 김중배 협회장의 대답에 김인수 부장은 살짝 미소를 짓고는 고개를 돌려 옆자리에 앉아 이야기를 하고 있던 재식에게도 고개를 숙이며 인사하였다.

"오랜만에 뵙습니다. 정재식 길드장님."

"그러네요. 저도 오랜만에 뵈니 기분이 좋습니다."

이에 재식도 그런 김인수 부장의 인사를 받아 자리에서 일어나 고개를 숙여 보이며 답례를 하였다.

"일단 앉지."

두 사람이 인사를 나누는 것을 확인한 김중배 협회장은 아직도 서 있는 김인수 부장에게 자리를 권했다.

"예!"

김중배 협회장 회장의 권유에 김인수는 짧게 대답을 하고는 재식과 마주한 자리에 가서 앉았다.

"그래. 준비는 잘 되고 있나?"

"예, 차질 없이 준비 하고 있습니다."

"차질 없이 준비하고 있다니 다행이네. 언제가 처음이 가장 중요해."

이번 아이템 판매 사업부에서 준비하고 있는 아티팩트 경매는 한 차례 이벤트로 끝나는 것이 아니라 앞으로도 정기적으로 진행될 것이었다.

물론 아이템처럼 한 달에 한 번씩까지는 않지만, 그래도 분기별로 한 차례씩은 경매를 진행할 계획이었다.

이는 원래 반년에 한 번씩 하려던 것을 김중배 협회장의 뜻에 따른 것이었다.

김중배 협회장은 경매에 내놓을 아티팩트의 수량을 줄이는 한이 있더라도 홍보를 위해서 자주하는 편이 좋을 것 같다는 의견을 냈고, 재식은 이를 받아들여 세 달에 한 번씩하는 것으로 계획을 변경하였다.

그리하여 다음부터 진행되는 경매에서는 오늘 내놓은 아

티팩트보다 줄어든 수량만으로 경매가 이루어질 것이지만, 재식의 입장에선 나쁠 것이 없었다.

아니, 오히려 어떤 면에서 더 좋다고 할 수 있었다.

아티팩트가 한꺼번에 많이 풀려 몬스터를 상대하기 편해 지는 것도 좋지만, 조금씩 여러 곳에 퍼지면 그나마 균등하 게 풀리게 될 것이었다.

그렇게 되면 이를 사용하는 헌터들의 레벨과 기량이 조금 이나마 균등하게 올라갈 것이니, 나중에 칸트라 차원에서 넘어오는 고위험 등급의 존재들을 상대하기에 조금은 편해 질 것이기 때문이다.

현재 재앙급 보스 몬스터로 불리는 초월급 몬스터들을 상 대할 수 있는 존재는 지구상에 몇 없었다.

그런 헌터들을 S등급 헌터라 부르지만, 그들은 재식과 다르게 혼자서 재앙급 몬스터를 상대하는 것이 아니라 7등 급 이상의 고위 헌터들의 보조를 받아 상대하였다.

이조차도 많은 희생을 감수해야만 했다.

그렇다고 S등급 헌터가 많은 것도 아니다.

간간히 S등급에 근접하거나 자질이 보이는 헌터가 나오 기는 하지만, 아직 S등급은 아니었다.

그러니 초월급 몬스터를 상대할 수 있는 S등급 헌터를 보조할 수 있는 고위 헌터라도 많이 만드는 것이 보다 효과 적인 방법이었다.

질이 되지 않으면 양으로라도 밀어붙이는 게 좋다는 생각이었는데, 그런 차원에서 보면 이번 아티팩트는 참으로 유용한 물건이었다.

S등급 헌터에게는 큰 도움이 되지 않겠지만, 그 미만의 헌터들에게 이번 아티팩트는 자신의 역량을 넘어선 몬스터도 어느 정도 상대할 수 있게 만들어 줄 것이었고, 그들은 빠르게 레벨을 높이며 강해질 터였다.

그렇게 저레벨 헌터들이 모두 고위 헌터들이 된다면, 언젠가는 인류가 몬스터를 두려워하지 않을 날이 올 수 있을 거라 믿었다.

아니, 그때가 되면 어쩌면 인류는 몬스터를 하나의 자원으로 생각하고 사육할지도 몰랐다.

"오늘만 고생하면 다음부터는 조금 편해질 것입니다."

이야기를 듣고 있던 재식이 고생하고 있는 김인수 부장이나 헌터 협회 직원들을 생각하며 이야기를 꺼냈다.

"물론입니다. 뭐 이런 일이 처음도 아니고……."

헌터 협회에서 경매를 진행하는 게 이번이 처음은 아니었다.

다만, 이전에는 국내 헌터 길드들을 대상으로 하였지만, 이번에는 그 대상이 세계 각국 정부라는 것이 달라진 것뿐이었다.

뿐만 아니라 이전에 경매한 물품은 아이템인데 반해, 이번에 선보이는 것은 무려 고위험 등급의 몬스터에게도 치명적인 대미지를 줄 수 있는 아티팩트였다.

그렇기 때문에 경매에 참석하는 사람들에 대한 예우와 안전, 그리고 다수의 아티팩트로 인해 벌어질 수 있는 불상사를 미리 대비하기 위해 많은 준비를 하는 것이다.

이 때문에 오늘 헌터 협회에선 협회 경호를 위해 협회 소속 헌터는 물론이고, 각성자로만 이루어진 팀 유니콘 전대 전원이 비상근무에 들어갔다.

*　　　　*　　　　*

시간이 흐르고 헌터 협회에도 어둠이 찾아왔다.

하지만 헌터 협회는 그런 밖과는 전혀 다르게 수많은 불빛으로 대낮처럼 환했다.

부웅―

그런 헌터 협회 안으로 고급스러운 승용차들이 들어오기 시작했다.

"저리로 들어가시면 됩니다."

차량이 정문을 통과해 들어오면, 안내를 맡은 직원들은 정중하게 인사를 하고서 가야할 방향을 알려 주었다.

그렇게 헌터 협회를 찾은 차량들은 헌터 협회 본관 건물을 돌아 어디론가 들어갔다.

"영국 정부 차량 들어갑니다."

밤에 헌터 협회를 찾은 차량들은 하나같이 공통점이 있었는데, 차량 앞에는 그 나라를 상징하는 국가가 걸려 있었다.

치직!

[확인했다.]

차량이 지나가자 방금 전 안내를 하던 직원이 무전으로 방금 전 들어간 차량의 소속을 알렸고, 이를 들은 상대도 답을 했다.

그리고 그런 무전은 그 뒤로도 계속해서 반복되었다.

$$* \qquad * \qquad *$$

웅성웅성.

많은 사람들이 모여 이야기를 나누고 있었다.

그런데 자세히 보면 그들의 피부색이나 입고 있는 복장이 모두 제각각이었다.

어떤 이들은 큰 키에 세련된 정장을 입고 있는가 하면 어떤 이들은 전형적인 중동 사람의 모습을 하고 있는 이들도 있었다.

뿐만 아니라 피부가 하얀 백인도, 피부가 검은 흑인도, 또 적기는 하지만 아시아 계열인 황인도 있어 언뜻 보면 인종 전시장을 보는 듯했다.

"라이언즈 부통령님 아니십니까?"

미국의 라이언즈 부통령은 보좌관들과 잠시후 진행될 아티팩트 경매를 위해 전략을 세우던 차였다.

한데 갑자기 자신을 부르는 목소리에 고개를 돌리니 예상치 못한 사람이 보여 깜짝 놀라고 말았다.

"아니, 케리건 총리가 여긴 어쩐 일입니까?"

자신을 부른 사람은 다름 아닌 영국의 총리인 제임스 케리건이었다.

철혈의 제상으로 불리는 제임스 케리건이 자신에게 다가와 인사를 하자 라이언즈 부통령은 긴장할 수밖에 없었다.

자신이 아무리 강대국인 미국의 부통령이라 하지만, 앞에 있는 사람은 영국의 총리였다.

총리도 그냥 총리가 아니었다.

그는 무려 S등급에 이른 헌터이며, 영국의 최고 무력인 로열 가드의 수장이기도 했다.

그렇기 때문에 원칙적으로 그는 이곳에 있을 수 없는 사람이었다.

제임스 케리건이 그냥 단순한 영국의 총리라면 이곳에 있어도 그러려니 하겠지만, 그는 단순한 총리가 아닌 영국 최고 무력이자 상징과도 같은 존재였다.

그런 이유로 영국의 왕실은 그가 외유를 하는 것에 무척이나 신경 썼고, 웬만한 일에는 외유를 허락하지 않았다.

그런데 그런 제임스 케리건이 이곳 한국에 온 것을 보고는 라이언즈 부통령은 확실하게 깨달았다.

케리건 총리는 물론이고, 영국 왕실도 이번 한국에서 벌어지는 아티팩트 경매에 신경을 많이 쓰고 있는 것을 말이다.

"여기들 모여 있으셨네요."

이때 라이언즈 부통령의 귀를 울리는 목소리가 하나 더 있었다.

'설마 또?'

뭔가 이상한 느낌이 들어 목소리가 들린 방향으로 고개를 돌렸다.

그곳에는 제임스 케리건처럼 한 나라의 총리는 아니지만, 그와 비견되는 존재가 환하게 웃으며 다가오고 있었다.

"하하, 제임스 오랜만이야."

그는 영국 총리인 제임스 케리건을 친구처럼 편하게 부르며 다가왔는데, 각진 외모에 짧은 금발을 하고 있고 키가 2m가까이 되어 보이는 강인한 인상의 중년이었다.

"이런 발터, 자네도 왔군. 이거 경매가 힘들어지겠어."

제임스 케리건의 이름을 부르며 나타난 이는 바로 독일 최고의 헌터팀인 슈타예거의 1대 마스터인 발터 슈미츠였다.

그는 다섯 명의 동행과 함께하고 있었는데, 그들의 정체는 바로 슈타예거의 현 멤버들이었다.

"허, 어디 레이드라도 가려는 거야?"

제임스 케리건은 발터 슈미츠의 뒤에 시립해 있는 동행을 보며 그렇게 물었다.

"아니, 구해야 할 물건이 물건이다 보니, 가져가는데 이만한 전력은 필요할 것 같아서 말이야."

"음, 그렇긴 하지."

발터 슈미츠의 대답에 제임스 케리건은 물론이고, 조용히 두 사람의 대화를 듣고 있던 제레미 라이언즈 또한 조용히 고개를 끄덕였다.

하기는 그의 말대로 경매를 통해 아티팩트를 구했다고 해도 자신의 본국까지 무사히 가져가는 것 또한 만만치 않은 일이었다.

그 때문에 자신도 안전한 이송을 위해 비밀리에 헌터 팀을 데려오지 않았는가?

"그런데 미국은……."

발터 슈미츠는 친구인 제임스 케리건에게서 시선을 돌려 먼저 자리를 잡고 있던 제레미 라이언즈를 보며 물었다.

"이미 상당 수량을 확보한 것으로 알고 있는데, 여기까지 온 건 너무 욕심을 부리는 거 아닌가?"

살짝 기세를 올리며 질문한 발터 슈미츠는 라이언즈 부통령의 모습을 가만히 관찰하였다.

'듣던 것과 다르네.'

발터 슈미츠는 자신의 기운에 대항하면서도 표정 변화가 없는 제레미 라이언즈의 모습에 속으로 적잖게 놀랐다.

듣기로 미국의 부통령은 헌터 출신이기는 하지만, 그리 높은 등급의 헌터는 아니라고 알려져 있었다.

그런데 무려 S등급인 자신의 기운을 표정의 변화 없이 받아넘기고 있는 모습이 놀라웠다.

'음······.'

하지만 발터 슈미츠의 기운을 받고 있는 제레미 라이언즈의 속은 겉으로 보이는 것처럼 편하지만은 않았다.

분명 발터 슈미츠가 모든 기운을 뿜어내는 것은 아니었지만, 평범한 헌터가 받기에는 상당한 기세였다.

"장난은 그만하지, 발터."

점점 버티기가 힘들어지는 때, 그를 구한 것은 제임스 케리건의 목소리였다.

"이런 내가 장난이 좀 심했군. 사과하지."

발터 슈미츠는 방금 전 그것이 장난이었다는 듯 가볍게 사과하였다.

대격변 이전이었다면 감히 상상도 못했을 일이었다.

하지만 지금은 대격변 이전과 적용하는 힘의 논리가 전혀 달랐다.

예전에는 국가의 군사력이 최우선이었다면, 현재는 국가의 군사력이 문제가 아니라 헌터 전력, 그리고 헌터로서의 역량이 기준이었다.

그 때문에 방금 발터 슈미츠가 미국의 부통령인 제레미 라이언즈를 상대로 그런 장난을 침에도 제레미 라이언즈가 뭐라 항의할 수가 없었다.

만약 이 자리에 발터 슈미츠와 비견되는 미국의 헌터가 있다면 이야기가 달라지겠지만 말이다.

"아닙니다. 역시 발터 슈미츠 씨의 기세는 아직도 줄지 않았군요."

독일에서 재앙급 몬스터가 출현한 지도 벌써 20여 년이 지났다.

그 때문에 S등급 헌터이며 슈타예거의 1대 마스터인 그가 이제는 현장에서 물러나 후예를 양성하고 있었다.

그럼에도 발터 슈미츠는 헌터로서의 역량은 전혀 줄지 않았다.

"뭐, 가끔 심심하다며 몬스터 사냥을 다니니 말이죠."

대답은 발터 슈미츠의 뒤에서 들려왔다.

"오! 슈타예거의 차기 마스터 아닌가?"

"무슨 차기 마스터야."

제임스 케리건이 반가운 표정을 지으며 떠들자, 발터 슈미츠는 작게 투덜거리면서도 입가에 미소를 가득 띠었다.

말로는 아니라 하지만, 그의 반응만 봐도 알 수 있었다.

"훙켈 슈미츠라고 합니다."

훙켈 슈미츠는 슈타예거의 1대 마스터인 발터 슈미츠의 늦둥이 아들이었다.

다중 속성을 각성하고, 미래에 S등급 헌터를 예약한 존재가 바로 훙켈 슈미츠였기에 독일과 인접한 영국 총리로서는 그를 아주 잘 알고 있었다.

"그래. 이제는 아버지를 많이 따라잡았나?"

제임스 케리건은 조심스럽게 훙켈 슈미츠의 역량을 물었다.

"아닙니다. 아직은 멀었죠."

훙켈 슈미츠는 조심스럽게 자신의 아버지를 돌아보다 그렇게 대답하였다.

"뭐, 아직은 조금 모자라지만, 아직 젊으니 기대하고 있다네."

발터 슈미츠는 자신의 친구를 보며 대답을 하였다.

'음, 독일에 언제 저런 인재가 자라고 있던 거야?!'

훙켈 슈미츠를 바라보며 제레미 라이언즈는 속으로 놀라고 있었다.

세계 최강이라 생각한 자신의 조국에는 아직도 새로운 S등급 헌터가 나오지 않고 있었다.

그런데 한국은 물론이고, 독일에서도 젊은 S등급 헌터가 나온 것이다.

　말로는 아직 아니라고는 하지만, 그가 보기에 흉켈 슈미츠는 벌써 그의 아버지 발터 슈미츠에 버금가는 존재로 느껴졌다.

　나이 때문에 그리고 정치에 입문한 것 때문에 헌터로서 활동은 접기는 했지만, 그래도 아예 놓고 있는 것은 아니기에 보는 눈은 남아 있었다.

　'우리 미국이 예전과 같은 영광을 찾기 위해선 앞으로 저자와 같은 젊은 S등급 헌터가 더 나와야 돼.'

9. 경매

대한민국 헌터 협회가 주관하는 아티팩트 경매가 시작되었다.

　아티팩트 경매가 이루어지는 장소는 현재 대한민국에서 그 어떤 장소보다 안전하다고 할 수 있는 헌터 협회 별관 지하였다.

　원래 이곳의 사용 목적은 경매나 다른 기타 행사를 위한 장소가 아닌, 협회 소속 헌터들의 훈련장이었다.

　몬스터를 상대로 헌터들이 실전 훈련을 하는 곳이었지만, 이례적으로 아티팩트 경매를 위해 일부 구역을 폐쇄하고 경매를 할 수 있는 장소로 바꾼 것이었다.

그 때문에 경매에 참가하는 사람의 숫자에 비해 경매장의 넓이가 상당히 넓었다.

그럼에도 협회는 경매장에 들어올 수 있는 인원을 국가별로 참가자와 수행원까지 합해서 최대 다섯 명만 들어올 수 있도록 제한을 두었다.

그 외의 나머지 수행원이나 경호원의 경우에는 경매장처럼 보이게 위장된 별관 건물 1층 로비에 대기하도록 조치했다.

인원수, 대기 장소, 이러한 제한들 모두 혹시 모를 사고에 대비한 것인데, 아무리 협회에서 철저한 방어 태세를 갖춰 놓았다고 해도 욕심 가득한 단체에 의해 외부 침입이 생길 수 있어 취한 조치였다.

또한 외부 침입이 아니더라도 경매에 성공하지 못한 곳에서 난동을 부릴 가능성도 있기에 경매에 참가하는 인원을 다섯 명으로 제한해 처음부터 분산시켰다.

이러한 조치는 일반적으로 봤을 때 매우 당연한 것이었다.

하지만 이번 경매를 준비하던 이들은 굳이 그럴 필요가 없을 거라는 생각이 들어찼다.

그만큼 이번 경매에 참석한 사람들의 전력이 상상을 초월할 정도로 어마어마했기 때문이다.

주체자인 헌터 협회와 경매 물품을 출품한 재식, 그리고 언체인 길드의 전력을 빼더라도 S등급 헌터만 무려 세 명이었다.

영국의 총리 제임스 케리건과 독일의 대표로 온 슈타예거의 1대 마스터인 발터 슈미츠, 그의 막내아들인 흉켈 슈미츠가 바로 그 장본인들이었다.

그뿐만이 아니라 S등급 헌터에는 미치지 못하지만, 상당한 수준의 고위 헌터들이 대거 참석했다.

이들은 참가자들의 안전과 경매에 성공한 아티팩트를 본국까지 이송하기 위해 해당 국가 정부에서 파견된 호위였다.

이토록 막강한 전력이 한자리에 모이게 되자 헌터 협회는 다시 한번 계획을 살펴야만 했다.

혹시라도 이들 중 누군가 불편을 토로해 국가 간 갈등으로 커질 가능성을 줄이고 싶었기 때문이다.

실제로 협회에서는 성공적인 경매를 위해 각성자로 구성된 팀 유니콘은 물론이고, 각성 헌터와 시술 헌터가 혼성된 헌터 전단도 전부 비상경계 체제로 동원을 하였다.

심지어 부상에서 복귀한 뇌신 김현성까지 헌터 협회 모처에서 대기를 하고 있었다.

그러니 이런 날카로운 분위기에 불만을 가지는 것도 무리는 아니었다.

하지만 계획이 변동되는 일은 없었고, 결국 웬만한 국가 전력 이상의 인원들이 한자리에 모이게 되었다.

S등급 헌터만 다섯 명, 7등급의 고위 헌터들의 수가 500명이 넘는 상황.

이전 미국에서 발생한 재앙급 몬스터 웨이브를 막아 내던 전력과 비교해도 전혀 꿀리지 않은 인원이었다.

물론 미국에서 동원된 헌터의 수는 이보다 몇 배는 많았지만, 결정적으로 S등급 헌터의 숫자가 달랐다.

당시에는 재식 혼자뿐이었지만, 지금은 모두 다섯 명.

심지어 팀 유니콘의 전단장인 뇌신 김현성과 영국의 총리 제임스 케리건의 경우, 한 마리 몬스터에 대한 단일 대미지보다 여러 마리의 다수에 대한 공격력이 뛰어났다.

재앙급 몬스터가 아닌 일반 몬스터들에겐 가히 사신과도 같은 존재.

그러니 강력한 단일 대미지를 함께 가진 재식과 슈미츠 부자가 전위를 맡고, 김현성과 제임스 케리건 총리가 그 뒤에서 범위 공격을 해 몬스터 웨이브를 막는다면 엄청난 시너지를 발휘했을 것이다.

거기에 언체인 길드와 팀 유니콘 전단까지 이들을 보조한다면, 아마 몬스터들은 그저 비싼 부산물과 고순도의 마정석을 선물로 남기는 먹잇감에 불과할 터였다.

머릿속으로만 떠올리는 만약이라는 가정일 뿐이지만, 그것만으로도 대한민국 헌터 협회 별관은 지구상 그 어느 곳보다 안전하다고 말할 수 있었다.

*　　　　*　　　　*

"신사 숙녀 여러분, 안녕하세요. 헌터 옥션 코리아의 딜러 이상화입니다."

대한민국 헌터 협회에서 주관하는 아티팩트 경매의 딜러는 헌터 옥션 코리아에서 파견 나온 전문 딜러 이상화였다.

그녀의 목소리는 청량하고 발음 역시 흠잡을 데 없었지만, 마이크를 잡은 손은 미세하게 떨리고 있었다.

아티팩트 경매 경력만 8년째인 베테랑인 그녀가 긴장하고 있는 것이었다.

이는 이번 경매를 통해 그녀가 받을 수 있는 가외 수입 때문이었다.

어지간한 금액에는 꿈쩍도 하지 않을 만큼 충분한 경력이 있었고, 연봉또한 적지 않았다.

5등급 헌터가 1년에 벌어들이는 돈은 거의 10억 원에 가까웠는데, 그녀의 연봉은 그보다 더 높았다.

그도 그럴 것이, 담당하는 경매 물품이 일반적인 미술품이나 골동품이 아닌 그보다 훨씬 더 고가인 아티팩트였기 때문이다.

일반적인 딜러들과는 달리 아티팩트 경매 딜러에겐 여러

필수 조건이 있었는데, 그중에서도 까다로운 것은 딜러 자신이 헌터여야만 한다는 것이다.

즉, 자신이 주관할 경매에 출품된 아티팩트의 진품 여부를 가릴 수 있는 능력이 있어야만 한다는 뜻이었다.

물론 경매를 시작하기 전, 회사 쪽에서 먼저 감정을 하겠지만, 아티팩트 경매 딜러에겐 기본적인 소양이나 다름없었다.

그러다 보니 딜러이자, 헌터인 그녀의 연봉은 높을 수밖에 없었다.

하지만 그런 그녀에게조차 오늘의 경매는 특별했다.

"오늘 경매할 물건은 바로 이것입니다."

그녀가 출품된 물건에 걸린 천을 벗겨 내자 창의 형태를 한 아티팩트들이 모습을 드러냈다.

아티팩트를 본 이상화의 눈이 다시 아득해졌다.

'예상 판매액 10억 달러…….'

그녀는 기본 수당 말고도 헌터 옥션 코리아가 협회로부터 받을 수수료 중 일부를 더 받기로 했는데, 경매 장소가 헌터 옥션 코리아 빌딩이 아니었기에 그 금액은 그다지 크지 않았다.

하나 아무리 높지 않다 하더라도 회사 소속 전문 딜러까지 파견하면, 수수료 5% 선을 지키는 것이 기본이었다.

하지만 이번 경매로 헌터 옥션 코리아가 받을 수수료는

낙찰가의 단 1%로밖에 되지 않았다.

그럼에도 그들은 불만을 표출할 이유가 없었다.

파견을 요청한 곳이 대한민국 헌터 협회이기도 했고, 출품된 아티팩트의 숫자가 무려 50개나 되기 때문이었다.

뿐만 아니라 아티팩트의 성능까지 알기에 그들은 회사의 사규만을 주장할 수 없었다.

예상 가격은 대략 10억 달러, 그것의 1%만 해도 무려 천만 달러였기 때문이었다.

딜러 한 명 파견하고 그 정도 수수료를 받는다면, 회사의 입장에서도 엄청난 수익이라 할 수 있었다.

그런데 이상화도 그 수수료에서 일부를 나눠 받기로 한 것이다.

무사히 경매를 마치기만 한다면, 단 한 번만으로 연봉의 1할 정도의 가외 수입을 얻을 수 있을 터.

'무조건 실수 없이 해내야 해.'

그러다 보니 긴장한 그녀의 손짓에는 더욱 힘이 들어가 있었다.

이상화는 아티팩트 중 하나를 꺼내 참관인들의 앞에 선보였다.

은빛의 창두는 조명을 받아 반짝였는데, 이와 반대로 창대는 검은 빛깔을 하고 있었다.

창두와 창대에는 기하학적 문양과 도형이 그려져 있었다.

그리고 다섯 개의 마정석이 창두와 창대 사이의 연결되는 부위에 박혀 있었다.

이상화의 손에 들려 있는 아티팩트는 예술적인 면으로도 아주 잘 만들어져 참가자들의 소유욕을 자극했다.

"뿐만 아니라 이것을 보시죠."

그녀는 한껏 창을 보여 주고는 창과 한 세트인 발사기를 들었다.

"방금 전에 보여 드린 창과 한 세트인 발사기로 이 또한 아티팩트입니다."

손에 든 발사기에 대한 간략한 설명을 마친 그녀는 무대 한편에 놓인 스크린에 영상을 띄웠다.

영상에는 다섯 명의 헌터가 창과 발사기를 가지고 어딘가를 향해 걸어가고 있었다.

창과 발사기 외에 그들이 구비한 장비들은 상당히 고급스러워 보였지만, 헌터들의 수준은 썩 높아 보이지 않았다.

다섯 명의 헌터들은 산길을 따라 숲을 헤매던 중 뭔가를 발견했는지 발걸음을 멈췄다.

그러고는 발사기를 들어 창 하나와 연결했다.

"와일드 보어 뒤로 트롤 한 마리 등장. 세 명은 원래대로 와일드 보어를 타깃으로 하고, 두 명은 새롭게 등장한 트롤을 잡는다."

부스럭.

"재정, 민혁, 창정이는 와일드 보어. 나와 민수는 트롤을 잡는다."

"접수 완료!"

획— 획—

"지금 보시는 동영상은 오늘 출품된 아티팩트를 테스트하는 영상입니다."

이상화는 영상을 보는 참관인들에게 설명을 덧붙였다.

"동영상 시청이 끝나면 본격적인 경매가 시작되니 자세히 봐 주시기 바랍니다."

딜러인 그녀가 무대에서 물러났지만, 경매에 참석한 어느 누구도 그녀를 제지하지 않았다.

그저 조용히 영상을 시청하며, 자신들이 구매해야 할 아티팩트의 효과를 지켜볼 뿐이었다.

그런데 영상을 보던 참관인들은 동영상 속 헌터들의 머리 위에 해당 인물의 정보가 간략하게 나오자, 깜짝 놀랄 수밖에 없었다.

다섯 명 모두 30에서 33사이의 레벨을 가지고 있었기 때문이다.

영상은 금세 헌터들이 던진 창이 목표에 명중하는 장면으로 바뀌었으나 놀란 충격은 가시지 않았다.

헌터들이 사냥감으로 찍은 타깃은 4등급인 와일드 보어

와 5등급에 들어가는 트롤이었다.

즉, 타깃의 등급이 헌터보다 훨씬 높다는 소리였다.

물론 30~33레벨의 헌터면 4등급에 해당되기는 하지만, 이들이 목표로 한 와일드 보어와 트롤은 일반적인 크기가 아니었다.

와일드 보어는 4등급 후반이라 해도 될 만큼 덩치가 컸고, 트롤의 경우에는 새끼가 아닌 다 자란 성체처럼 보였다.

그런데 질긴 외피를 가진 와일드 보어는 물론이고, 강인한 생명력을 가진 트롤도 그들이 던진 창에 맞아 절명해 버렸다.

트롤은 두 번의 창을 맞고 죽기는 했지만, 그 이유조차도 처음에 던진 창의 위력이 너무도 강력하기 때문이었다.

급소가 아닌 부분의 가죽과 근육을 단번에 관통해 바로 죽지 않아 한 번 더 창을 꽂아 사냥을 한 것이다.

4등급의 헌터가 일격에 큰 덩치의 와일드 보어와 트롤 성체를 잡는다는 건 참관인들의 상식에서 상당히 벗어나는 것이었다.

한데 참관인들을 더욱 놀라게 한 점이 있었다.

그것은 그들과 몬스터들이 있는 거리.

화면에 비치는 크기를 봐선 목표인 와일드 보어나 트롤이 못해도 200여 미터는 되어 보였다.

그렇게 먼 거리를 날아갔음에도 힘이 줄지 않아 트롤의 가죽과 근육을 완전히 관통해 버리다니.

이것만 봐도 발사기를 이용한 창의 유효사거리는 영상에서 나온 것 이상이란 소리였다.

참관인들은 머리가 어지러워졌다.

이만한 위력을 낼 수 있는 원거리 무기는 여태껏 본 적도 없었다.

아니, 본 적도 없을 뿐더러 존재하지 않을 거라 그들은 확신했다.

'경이로울 정도군……'

'무슨 위력이 이렇게나… 저런 위력의 아티팩트를 저들은 어떻게 다루는 거지?'

영상을 보던 참관인들은 이내 의문을 가지기 시작했다.

아티팩트의 성능이 뛰어난 것은 충분히 알 수 있었다.

하지만 저렇게나 먼 거리에서 몬스터를 맞추는 것은 단순히 아티팩트의 성능이 뛰어나다고 해서 가능한 게 아니었다.

그런데 그리 뛰어나 보이지 않는 4등급 헌터들이 창을 던지는 족족 몬스터들을 맞추니 이상할 따름이었다.

영상 속 헌터들은 첫 테스트가 끝난 뒤로도 몇 차례나 더 몬스터 사냥을 했지만, 단 한 번도 빗나가는 일이 없었다.

10여 분쯤 지나자 영상이 끝났고, 딜러인 이상화가 다시 무대 위로 올라왔다.

"동영상을 잘 보셨습니까?"

미소를 짓는 그녀에게 참관인들이 질문하기 시작했다.

"그런데 아티팩트를 시험한 헌터들은 정말로 그 레벨이 맞는 것입니까?"

"네, 맞습니다. 언체인 길드 소속 신입 길드원 분들입니다."

이상화는 차분히 답변했다.

"그럼 테스트를 위해 훈련시킨 것입니까?"

그러자 그 옆의 다른 사람이 손을 들며 질문을 던졌다.

연출을 위해 전문적인 창던지기 훈련을 시킨 뒤 동영상을 찍은 것이 아니냐는 질문이었다.

"혹시 따로 훈련을 시켜 저런 장면을 연출한 것이 아닌가 하는 의심이 드시는 거라면, 안심하셔도 됩니다."

이상화는 활짝 웃었다.

그녀는 사전에 동영상이 어떻게 찍히게 된 것인지 설명을 들었기에 그에 대한 답을 자신 있게 말할 수 있었다.

"자, 이 영상을 잠시 봐 주시기 바랍니다. 이것은 아티팩트 테스트와는 별개의 것이지만, 보시고 나면 이유를 아실 수 있을 겁니다."

말이 끝나기 무섭게 이상화는 또 다른 영상을 재생시켰다.

그리고 영상에는 조금 전 아티팩트를 테스트하던 다섯 명의 헌터가 또다시 등장했다.

하지만 그들은 조금 전 영상과는 전혀 다른 모습이었다.

방어구도, 무기도, 심지어 사냥하는 몬스터마저도.

그들은 4등급 후반에서 6등급 초반의 몬스터인 아울베어를 늑대 인간의 모습으로 사냥하고 있었다.

크앙! 크르르!

부엉이 머리에 곰의 몸을 하고 있는 아울베어는 5m의 거대한 몸집을 하고 있었다.

그 절반에도 미치지 못하는 2m가 조금 넘는 키의 늑대 인간들이 아울베어에 맞서 싸우는 모습은 무척이나 위태로워 보였다.

워낙 체격 차이나 나기에 아울베어의 손에 한 번만 적중당해도 절명할 것 같았지만, 그들은 공격을 교묘하게 피해 내고서 빈틈을 노리며 노련하게 사냥을 해 나갔다.

이러한 모습을 보고 있는 참관인들은 하나같이 감탄을 자아냈다.

물론 그들은 손짓 한 번에 아울베어를 죽일 수 있는 고위 헌터들이었다.

하지만 영상에 나온 헌터들은 겨우 30레벨.

영상을 지켜보던 사람들은 몇 등급이나 높은 아울베어를

상대로 자연스러운 사냥을 하는 것을 보니 감탄할 수밖에 없던 것이었다.

아직 아무도 눈치채지 못한 것처럼 보이자, 이상화는 빙 긋 웃으며 입을 열었다.

"보시는 것처럼 저들의 특기는 창던지기가 아닌 근접 전 투입니다."

'아!'

참관인들은 그녀의 설명을 듣고는 깜짝 놀랐다.

그녀의 말에 또 다른 사실을 깨달았기 때문이다.

'그럼 정확하게 몬스터에 명중을 한 게 창의 기능이란 말 이야?'

실로 엄청난 사실이 아닐 수가 없었다.

창끝에 닿은 몬스터의 표면에 서리가 어는 것을 보면, 속 성 능력이 있음이 분명했다.

그리고 창이 그만큼 먼 거리를 날아가는 것 역시 발사기 에 뭔가 기능이 있는 것 같았다.

그런데 여기에 표적을 따라가는 유도 기능까지 있다니.

지금까지 본 것이 단순한 연출이 아니라 정말로 하나부터 끝까지 아티팩트의 기능이라고 생각하니, 소름이 쫙 돋게 되었다.

"추가적으로 아티팩트에 대해 더 설명해 드리겠습니 다."

이상화는 소란스러워진 분위기를 가라앉히는 방법을 잘 알고 있었다.

이런 소란을 일으킨 원인에 대해서 이야기하는 것.

장내를 조용히 만든 그녀는 본격적으로 창에 대해 설명하기 시작했다.

"아티팩트에는 세 가지 기능이 있다고 합니다. 첫 번째는……."

하나둘 이어진 설명에 참관인들의 머릿속은 그 어느 때보다 혼란스러웠다.

그도 그럴 것이, 경매에 나온 아티팩트의 스펙이 지금까지 봐 온 그 어떠한 것보다 우수했기 때문이다.

한데 이미 이와 비슷한 아티팩트를 보유하고 있는 미국의 제레미 라이언즈 부통령은 다른 사람들보다 더 놀라워 하고 있었다.

지금 경매에 올라온 아티팩트가 자신이 가지고 있는 것보다 더 실용적이란 생각이 들었기 때문이다.

자신이 가지고 있는 것이나 경매에 올라온 것, 모두 같은 기능을 가지고 있었지만, 결정적인 차이가 있었다.

바로 최대사거리였다.

둘 다 아이스 속성이 부여되어 있고, 목표에 정확하게 명중되게끔 보정을 해 주는 기능이 있었다.

뿐만 아니라 창을 멀리 던질 수 있게 힘을 늘려 주는

기능도 있었다.

하지만 자신들이 구매한 창은 최대 사거리가 200m였다.

사람에 따라 그보다 더 멀리 던질 수는 있겠지만, 대신 그만큼 관통력이 떨어져 몬스터에게 충분한 대미지를 줄 수가 없었다.

하지만 반대로 경매에 올라온 창은 자신들이 구매한 것과 같은 기능을 가지고 있음에도 200m를 날아가고도 관통력이 유지되는 것이었다.

'창의 성능을 그새 더 강화했다고?'

놀라 눈을 동그랗게 뜬 제레미 라이언즈 부통령은 이내 고개를 저었다.

분명 창은 같은 아티팩트일 것이다.

차이를 만드는 원인은 발사기의 유무와 조금 달라진 모양일 터.

그는 한손으로 턱을 괸 채 머릿속으로 계산기를 두들겼다.

'혹시 발사기만을 따로 주문할 수 있다고 한다면…….'

이윽고 생각을 마친 그는 발사기를 제작했을 것으로 예상되는 언체인 길드의 길드장과 따로 면담을 할 필요성을 느꼈다.

$$* \qquad * \qquad *$$

미국의 부통령, 제레미 라이언즈가 발사기 추가 구매를 떠올리고 있을 때, 많은 사람들은 너무나도 충격적인 아티팩트의 시연 영상에 흠뻑 빠져 헤어나질 못하고 있었다.

그리고 그중에는 아직까지도 눈을 떼지 못하고 있는 독일의 발터 슈미츠가 있었다.

그는 자신의 막내아들을 제외하고, 이 경매장에서 자신만큼이나 저 아티팩트를 바라는 사람은 없을 것이라고 생각했다.

외부에 잘 알려지지 않았지만, 발터 슈미츠와 그의 막내아들인 흥켈 슈미츠에게는 아주 특별한 무기가 있었다.

두 자루의 워 액스와 한 자루의 핼버드가 바로 그것이었다.

이 세 개의 아티팩트는 5년 전, 볼프스부르크에서 발생한 게이트 브레이크로 생성된 몬스터 필드에서 얻을 수 있었다.

아니, 정확하게는 몬스터 필드 내에 무너진 성채 지하에서 발견한 것이었다.

손바닥 크기의 도끼날을 양쪽에 붙이고 있는 모습의 워 액스는 두 가지 기능이 있었다.

사용자에게 힘을 북돋아 주는 것과 투척을 했을 때 목표에 정확하게 명중시키는 기능이었다.

어떻게 보면 영상 속의 아티팩트와 비슷한 성능을 가졌다고 할 수 있지만, 그래도 저만큼 엄청난 사거리까지 가진 것은 아니었다.

그저 10m 정도의 짧은 사거리와 명중률을 보정해 주는 정도였다.

그러니 발터 슈미츠가 창을 보고 경악을 하는 것은 당연한 일이었다.

한편 발터 슈미츠의 막내아들인 흉켈 슈미츠는 눈에 불이 붙은 것마냥 아티팩트를 노려보고 있었다.

'저건 내 것이다!'

그의 머릿속에 원래 사용하던 무기가 있을 공간은 이제 없었다.

애초에 마음에 들지 않았고, 정확히 이유는 알 수 없지만 뭔가 부족한 느낌을 주었기 때문이다.

흉켈 슈미츠는 큰 덩치와는 어울리지 않게 빠른 스피드와 힘을 이용해 원거리에서 치고 빠지는 전투 스타일을 고집했다.

그러던 중 5년 전, 몬스터 필드에서 발견한 아티팩트의 성능이 너무나도 좋은 탓에 원래 사용하던 무기를 버리고 핼버드를 사용해야만 했다.

때문에 전투는 늘 진흙탕 싸움처럼 흘러갔고, 몬스터를

모두 처리하고 나면 늘 녹초가 되어 있었다.

물론 몬스터를 사냥할 때의 손맛은 있었지만, 근접전에서 호쾌한 전투를 벌이는 것은 그와 맞는 편은 아니었다.

훙켈의 전투 스타일은 핼버드보다 차라리 자신이 가지고 있는 투척용 워 액스를 사용하는 것이 더 효과적이었다.

하지만 둘 중 하나를 선택하라고 한다면, 발터는 핼버드에 비해 가볍고 사용하기 편한 워 액스를 선택할 수밖에 없었다.

나이를 먹으면서 근력의 상태가 전과 같이 않아지자, 무거운 중병기가 부담스러워진 것이다.

육체 능력을 각성하지 않은 발터의 입장에선 제아무리 S등급 헌터라도 중병기는 무리가 있었다.

이 때문에 아버지를 배려한 훙켈은 어쩔 수 없이 핼버드를 받아들일 수밖에 없었다.

그저 핼버드의 기능이 예상보다 좋아 지금까지는 별다른 불만 없이 자신의 전투 스타일을 살짝 변형하여 몬스터를 사냥해 온 것이었다.

그러다 보니 만약 손에 맞는 아티팩트만 구해진다면, 지금 사용하고 있는 핼버드를 다른 사람에게 넘길 생각을 가지고 있었다.

그런 생각 중에 아버지를 따라온 한국에서 정말이지 마음에 드는 아티팩트를 발견하게 되었다.

창과 발사기.

물론 그 아티팩트가 자신의 전투 스타일과 100% 맞을 거라고는 말할 수 없지만, 그래도 지금 사용하고 있는 핼버드보다는 분명 어울릴 거라는 확신이 들었다.

"저 무기, 제 전투 스타일과 잘 맞을 것 같은데요?"

흉켈은 여전히 영상에서 시선도 떼지 못한 채 입을 열었다.

"내 생각에도 그렇긴 한데… 네가 사용하기에는 조금 작지 않을까?"

발터 슈미츠는 잠시 아들을 쳐다보다가 다시 딜러가 있는 무대 한쪽 벽에 세워져 있는 창을 바라보았다.

2.5m 크기로 창으로서는 절대 작지 않은 크기였지만, 흉켈 슈미츠의 덩치가 워낙 크다 보니 그가 사용하기에는 살짝 부실해 보인 것이었다.

"그렇기는 하지만 원거리에서 던질 수도 있고, 또 들고도 싸울 수 있을 거 같으니까 지금 사용하는 핼버드보다는 좋을 거 같아요."

흉켈은 자신의 생각을 숨기지 않고 솔직하게 말했다.

발터 역시 아들의 예전 전투 스타일을 잘 알기에 무대 위의 창을 바라보며 입맛을 다셨다.

"하지만 카탈로그에 나온 설명을 보면, 창 열 개와 발사기 다섯 개를 묶어서 한 세트로 하고, 그렇게 다섯 번 경매한다고 하더구나.”

“그래. 그게 문제야.”

옆에서 이야기를 듣던 영국의 총리, 제임스 케리건이 두 부자의 대화에 끼어들었다.

“한국에 아티팩트 제작자가 있다고 하던데, 차라리 그에게 전용 아티팩트를 의뢰하는 것이 어때?”

흉켈의 전투 스타일을 잘 알고 있는 제임스 케리건 총리는 조심스럽게 자신의 생각을 말했다.

친구의 아들이자 그의 대자이기도 한 흉켈이기에 너무도 잘 알고 있었기에 할 수 있는 말이었다.

“물론 그럴 수 있으면 얼마나 좋겠냐만, 한국의 헌터 협회에서 알려 주겠습니까?”

흉켈은 자신의 대부인 제임스 케리건 총리의 말에 낙담하듯 이야기하였다.

확실히 제임스 케리건 총리의 말은 틀리지 않았다.

그렇지만 흉켈 역시 만약 아티팩트 제작자가 영국에 존재한다면, 그를 영국에 묶어 두기 위해 어떤 희생이라도 치렀을 것이다.

“미국이 가져간 정도만 돼도 정말 좋을 텐데.”

흉켈은 아쉽다는 듯 허공에 시선을 던지며 중얼거렸다.

“뭐가 딱 이라는 게냐?”

그런 아들의 넋두리에 발터가 무심히 물었다.

"들으셨어요?"

"그래."

"그거 있잖아요. 미국에서 발생한 몬스터 웨이브를 막기 위해 사용한 아티팩트 말이에요."

훙켈은 몇 달 전 미국에서 발생한 재앙급 몬스터 웨이브를 언급했다.

그리고 그때 사용된 아티팩트를 떠올리며 훙켈은 다시 한 번 한숨을 내쉬었다.

"아, 그거. 그러고 보니 그게 네 스타일과 딱 어울리겠구나."

발터는 TV를 통해 본 당시의 전투 상황을 떠올렸다.

당시 방송에 나온 언체인 길드의 헌터들은 창을 던지기도 하고, 몬스터가 가까이 있을 때는 창을 휘둘러 상대하는 모습도 보여 주었다.

언체인 길드원이 휘두르는 창의 위력이 얼마나 강한지, 5등급 몬스터인 스톤 라이노가 창에 맞고 저 멀리 날아갈 정도였다.

뿐만 아니라 그러한 그들의 전투 방식이 아들의 것과 너무나도 비슷하다는 것을 지금 깨달은 발터였다.

먼 거리의 몬스터에게는 원거리 공격을 가하고, 가까운 상대에게는 근접전을 펼치는 모습 등이 제법 흡사해 보이는 것이다.

조금 다른 점이 있다면, 언체인 길드의 헌터들은 강력한 힘을 바탕으로 펼치는 기술들이 태반인 반면, 흉켈 슈미츠의 전투는 빠른 스피드를 이용해 몬스터의 공격을 회피하며 빈틈을 찌르는 것이 대부분이었다.

어쨌거나 두 방식 모두 언체인 길드 헌터들이 쓰는 창이 어울린다는 것만큼은 확실했다.

발터는 아티팩트 제작자가 언체인 길드와 연관이 있을 것이란 예상을 해 보지만, 이 이상을 생각하는 것은 의미가 없다 판단했다.

언체인 길드를 찾아간다고 해도 그들이 제작자에 대해 순순히 이야기를 해줄 리가 없을 뿐만 아니라, 무력으로도 해결을 볼 수도 없었기 때문이다.

아무리 자신들이 S등급 헌터라 해도 언체인 길드장 또한 S등급 헌터.

'뭐 S등급 헌터 두 명이면 어떻게든 되지 않을까?'

발터는 잠깐 그런 생각도 해 보았지만, 굳이 그들의 안방인 한국에서 사고를 쳐서까지 제작자와 만나야 할 필요는 느끼지 못했다.

고개를 가로젓던 발터는 아직도 창에 눈을 떼지 못하는 흉켈을 바라보았다.

안타까움에 정말 무리를 해야 하나 고민이 들 정도로 막내아들의 표정이 안카까움으로 가득 차 있었다.

하지만 그런 발터 슈미츠는 알지 못했다.

언체인 길드에는 알려지지 않은 또 한 명의 S등급 헌터가 있다는 사실을 말이다.

물론 비공식적인 것은 아니었다.

다만, 헌터 협회에서 그에게 공식적으로 S등급 라이선스를 발급했으나, 대외적으로 공표되지 않아 알려지지 않은 것이었다.

알려지지 않은 S등급 헌터뿐만 아니라 언체인 길드에는 S등급에 근접한 헌터도 다수 존재하기에 사실상 그들의 전력은 세계 어느 대형 헌터 길드 이상이었다.

작년 초까지만 해도 길드장인 재식을 제외하면, 언체인 길드는 고만고만한 중상급 길드라고 해도 과언이 아니었다.

하지만 국토 수복이란 명분으로 시작된 정부의 정책으로 인해 언체인 길드원들은 수많은 실전을 치렀다.

그 덕에 자신보다 강한 몬스터들을 수없이 상대하면서 길드원들은 급속하게 성장을 이루어 낼 수 있었다.

그리고 미국에서 발생한 재앙급 몬스터 웨이브.

생사의 갈림길에서 외줄 타기를 경험한 길드원들은 자신의 한계를 넘어섰고, 원래 자질이 있던 최수형은 S등급의 벽을 통과할 수 있었다.

그밖에도 몇 명은 S등급의 벽과 마주할 수 있을 정도로 성장했다.

단순히 S등급 두 명만으로 어떻게 될 만한 수준은 진즉에 뛰어넘은 언체인 길드였다.

10. 영국의 사정

대한민국 헌터 협회가 주관한 아티팩트 경매 이벤트는 아무런 사건 사고 없이 성공적으로 끝을 맞이할 수 있었다.

　이번 경매로 나온 상품은 총 25세트였는데, 이들을 챙겨 간 나라는 미국과 사우디, 아랍에미리트와 인도, 마지막으로 러시아였다.

　아티팩트에 지대한 관심을 보이던 영국이나 독일은 아쉽게도 이번 경매에서 단 하나의 세트도 가져갈 수 없었다.

　미국이나 사우디아라비아, 그리고 UAE에는 자본에 밀렸고, 인도와 러시아에는 자원으로 밀려 어쩔 수가 없었다.

이번 아티팩트 경매에는 특이한 방식이 하나 추가가 되어 있었다.

그것은 희귀 금속인 미스릴도 현금처럼 사용할 수 있다는 내용이었다.

그것도 현 시세로 측정해 특이하게 돈보다 현물에 더 우선순위를 준 것이었다.

이 때문에 경매 초기에 조금 혼란이 있기는 했지만, 분위기가 진정이 되자 아티팩트의 경매 호가는 급속히 올라갔다.

경매 자본이 부족한 국가가 구입 비용을 미스릴로 나중에 납부하겠다며 팔을 걷어붙이고 나섰기 때문이다.

현물 지급 방식은 해당 국가에서 희귀 금속인 미스릴을 수입하는 번거로운 절차를 거쳐야 했지만, 말 그대로 던전에서만 출토되는 희귀 금속인 미스릴을 얻을 수 있다면 매우 성공적인 일이나 다름없었다.

때문에 협회는 재식이 경매에 이런 방식을 도입하자, 적극 환영을 할 수밖에 없었다.

하지만 기뻐하는 협회와는 반대로 영국과 독일은 그러한 이유로 아쉽게도 이번 경매에서 아티팩트를 하나도 구할 수 없게 된 것이었다.

두 나라는 철저하게 미스릴의 국외 반출을 막고 있었기에 미스릴로 아티팩트를 구할 수 있는 이번 경매에서 자본으로도, 자원으로도 경쟁에서 승리할 수 없었다.

웅성웅성.

경매가 끝나고 성공적인 행사를 축하하기 위한 파티가 열렸다.

"꼭 구하고 싶었는데 아쉽군그래."

제임스 케리건 총리는 손에 든 와인을 한 모금 마시며, 친우인 발터 슈미츠를 보며 이야기했다.

친구의 말에 발터 슈미츠 또한 같은 생각이었는지 고개를 끄덕였다.

"빈말이 아니라 정말로 아쉽더군."

"그런데 여기 우리보다 더 아쉬운 사람이 있는 것 같은데?"

"아, 우리 막내 말이지."

발터는 잠시 고개를 돌려 저 멀리 누군가를 붙잡고 이야기를 하고 있는 막내아들을 보며 대답했다.

네 번의 경합에서 낙찰에 실패했지만, 마지막 다섯 번째에는 가능할 것 같았다.

마지막에 러시아가 갑자기 구입 대금을 미스릴로 지급하겠다고 말하지 않았다면, 아티팩트의 주인은 막내아들이 되어 있었을 터.

어떻게든 구해 보려 최선을 다했지만, 현물을 던진 러시아를 이길 수는 없었다.

눈앞에서 아티팩트를 잡았다 놓친 것 같은 아쉬움 때문인지, 그의 막내아들은 파티가 벌어지고 있는 이곳 홀을 이리저리 돌아다니고 있었다.

'아마 자신의 취향에 맞는 여성들을 찾아다니고 있는 거겠지.'

발터는 그런 아들을 보며 그가 정말로 자신을 쏙 빼닮은 것 같다고 생각했다.

"확실히 흥켈은 자네의 젊었을 때와 똑같군. 하하하."

그런 발터의 생각을 눈치챘는지, 이를 보던 제임스 케리건 총리가 살갑게 농담을 하며 웃었다.

내심 경매 실패로 쓰린 속을 달래기 위해 웃으며 잔을 부딪치던 그들에게 누군가 조용히 다가왔다.

"잠시 실례합니다."

"누, 누구?"

느닷없이 대화에 끼어드는 탓에 발터와 제임스 케리건 총리는 깜짝 놀랐지만, 금방 정신을 차릴 수 있었다.

"오! 인류 최강의 사나이 아닌가?"

자신들을 향해 다가와 말을 거는 사람이 재식임을 알아본 발터가 인류 최강의 사나이라 부르며 농담을 했다.

그의 그런 넉살에 재식이 작게 웃으며 입을 열었다.

"하하, 아닙니다."

"아니긴. 전 세계 사람들이 모두 그 장면을 봤는데."

재식의 겸손에 제임스 케리건 총리가 어이없다는 듯이 작게 중얼거렸다.

　"아, 다들 여기들 모여 있었군요."

　세 사람이 가볍게 인사하고 본격적인 대화를 하려고 할 때, 또 다른 누군가 이들에게 다가왔다.

　바로 미국에서 온 부통령 제레미 라이언즈였다.

　"어서 오십시오."

　재식은 제레미 라이언즈를 향해 살짝 고개를 숙여 인사했다.

　한 국가의 이인자이자, 그것도 강대국 미국의 부통령에게 다소 예의가 없는 언행일 수도 있었으나 이미 면식이 있는 사이이기 때문에 아무런 문제가 없었다.

　"라이언즈 부통령 어서 오시오."

　영국 총리 제임스 케리건도 재식에 이어 가볍게 인사했다.

　독일의 발터 슈미츠 역시 경매 전에 이미 그와 인사를 나누었기에 고개만 살짝 끄덕이는 것으로 인사를 대신했다.

　"하하, 대화 중이신데 제가 끼어든 게 아닌가 싶군요. 미안합니다."

　혹시나 그들이 불쾌할 수도 있겠다는 생각이 든 제레미 라이언즈는 먼저 사과했다.

　그런 걱정이 무색하게도 제임스 케리건 총리와 발터, 재식은 웃는 얼굴로 그를 맞이했다.

"아닙니다. 건설적인 이야기에 부통령이 참여한다면, 언제나 환영입니다."

제임스 케리건 총리는 환영한다며 자신의 옆자리를 내어주었다.

"환영에 감사드립니다."

제레미 라이언즈는 식은땀을 닦아 냈다.

오로지 재식과 접촉하려는 이유만으로 경매가 끝났음에도 자리에 남아 파티에 참석한 것이라 계속해서 그의 눈치만 보고 있었다.

그러다 재식이 경매에 실패한 영국과 독일의 대표들에게 접근하는 것을 보고는 무슨 말이 주고 가는지 알아보기 위해 끼어든 것이었다.

혹시나 자신들에게 이익이 되는 이야기라도 나온다면, 자신도 끼어 볼까 하는 마음이었다.

그리고 그의 촉은 재식이 이유가 있어 그들에게 접근한 것이 분명하다며 속삭여 왔다.

이는 헌터로서의 감각이 아닌 미국 부통령의 자리까지 오르면서 쌓은 정치가로서의 감각이었다.

아니나 다를까, 그의 촉이 틀리지 않았다는 것을 그는 금방 알 수 있었다.

"이번 경매에서 두 나라가 낙찰받지 못한 것에 안타까운 심정입니다."

재식은 영국과 독일에서 온 대표들이 아티팩트 경매에 적극적으로 참여했지만, 거듭 실패를 하는 것을 지켜보았다.

재식은 그들이 그렇게 적극적인 행동을 보인 데에는 이유가 있을 거라 생각했다.

그의 생각대로 영국과 독일에는 현재 강력한 아티팩트가 필요했다.

미국의 재앙급 몬스터 웨이브로 인해 화제가 되지는 못했지만, 영국과 독일에도 그와 비슷한 사건이 있었다.

사건은 영국에서 발생했지만, 영국의 총리 제임스 케리건과 독일의 발터 슈미츠가 친구인 관계로 발터가 이를 돕고자 한 것이 양 국가에 치명적인 손실을 가져왔다.

그 시작은 런던 인근의 레딩에서부터 시작되었다.

레딩에서 현재까지 발생한 것 중 가장 큰 규모라 할 정도로 거대한 몬스터 필드가 생성된 것이었다.

그 때문에 총리이자 로열가드의 수장인 제임스 케리건은 몬스터 필드의 내부 상태를 확인하기 위해 대형 헌터 길드인 HC 아스널을 조사팀으로 보낼 수밖에 없었다.

하지만 무사히 임무를 마치고 돌아올 것이라는 예상과는 달리 조사팀은 몬스터 필드에 들어간 뒤 소식이 두절되었다.

그래서 이번에는 로열가드 한 개 전대를 보내기로 했다.

그들에게 이전 조사대의 구조와 몬스터 필드를 조사하는 임무를 부여해 몬스터 필드로 진입시킨 것이다.

한데 구조팀으로 보낸 로열가드 한 개 전대 중 단 두 명만이 살아 돌아왔다.

그것도 더 이상 헌터로서 활동이 불가능할 정도로 상당한 중상을 입은 채 몬스터 필드를 빠져나온 것이었다.

그런 그들에게서 들은 몬스터 필드 내의 상황은 생각보다 심각했다.

예상보다 상당히 많은 높은 위험 등급의 몬스터가 있다는 것이었다.

그나마 다행이라고 할 것은 재앙급 몬스터는 발견되지 않았다는 점이었다.

어쨌든 도저히 영국의 전력으로는 해결할 수 없을 듯하자, 제임스 케리건 총리는 친구인 발터 슈미츠에게 도움을 요청했다.

몬스터 필드에서 나온 부산물은 60%를 독일에 넘긴다는 조건에 발터는 물론이고, 독일 정부도 이에 흔쾌히 요청에 수락했다.

제아무리 둘이 친구 관계이고 나라 간의 동맹이라 할지라도 부산물의 60%를 넘기는 것은 놀랄 만한 것이었다.

일반적인 경우에는 보통 40%대에서 거래가 된다.

어떠한 경우에도 부산물이 해외로 반출될 때 50% 이상 넘은 적이 없었다.

그렇기에 독일 정부가 영국의 요청에 흔쾌히 수락하는 것은 당연한 수순이었다.

한 번쯤 조건이 왜 이러한지 의심을 가져 볼 만했으나 독일 정부는 상황을 낙관했다.

단순히 높은 위험 등급의 몬스터가 많다고만 생각한 영국 정부는 독일과 함께라면 단번에 해결할 수 있을 것이라 생각했다.

그리하여 두 나라는 빠르게 최대한의 전력을 한데 모아 토벌대를 구성했다.

모두가 성공할 거라 생각한 이 토벌대는 예상과는 달리 처참한 실패를 맛볼 수밖에 없었다.

살아남은 대원들에게 전해 들은 정보보다 몬스터의 수준이 훨씬 높았기 때문이다.

몬스터들의 수는 미국에 발생한 재앙급 몬스터 웨이브에 미치지 못하지만, 질적인 면에서는 그에 버금갈 정도로 강력한 몬스터들이 수두룩한 것이었다.

비록 재앙급 몬스터는 나타나지 않았지만, 6등급의 엘리트 몬스터들이 즐비해 있었다.

엘리트 몬스터들에게 피해를 줄만큼 강력한 기술이 없는

양국의 토벌대는 큰 피해를 입고 몬스터 필드에서 물러날 수밖에 없었다.

뒤늦게야 그들은 치명적인 대미지를 줄 수 있는 강력한 아티팩트의 필요성을 깨달았다.

때문에 그들은 아티팩트를 구하기 위해 헌터 옥션을 찾아보았지만, 6등급 엘리트 몬스터에게 치명상을 줄 수 있을 만큼 강력한 아티팩트를 구하기는 하늘의 별을 따는 것만큼이나 어려운 것이었다.

사실상 그런 고효율의 아티팩트를 찾는 것은 불가능했다.

있다 할지라도 경매에 내놓기보다는 직접 사용해 몬스터를 사냥하는 것이 더 이득일 게 분명했기 때문이다.

그럼에도 혹시나 하는 심정으로 헌터 옥션을 뒤지던 그들은 의외의 장소에서 아티팩트를 찾을 수 있었다.

바로 미국의 재앙급 몬스터 웨이브.

그곳에서 사용 된 창 형태의 아티팩트를 보게 된 것이었다.

재앙급 몬스터 웨이브는 너무도 충격적이고, 이질적인 사건이기에 뉴스는 전 세계로 송출되고 있었다.

대한민국에서 파견된 백여 명의 헌터가 5등급 엘리트 몬스터들을 상대로 혁혁한 전과를 올렸다는 내용이 보도되었고, 영국과 독일 정부는 실시간으로 그걸 지켜볼 수 있었다.

　레딩의 몬스터보다 몇 배나 더 강한 몬스터를 상대로 어떻게 싸우는지 지켜본 그들은 경악을 금치 못했다.

　단순히 어떤 병법을 쓰고 전투 방식은 어떨지를 지켜보려던 의도였지만, 방송을 보던 이들에게 그런 것은 전혀 눈에 들어오지 않았다.

　한국의 헌터들이 쓰는 무기, 그 동안 자신들이 그렇게 찾아 헤매던 아티팩트를 한 명당 두 개씩 보유한 채 전투를 벌이는 모습에 놀랄 수밖에 없었다.

　곧바로 영국과 독일의 정부는 한국 정부에 문의를 넣었다.

　한국의 한 헌터 길드가 사용하고 있는 아티팩트에 대한 정보와 그것을 구입할 수 있는지 말이다.

　적어도 아티팩트에 대한 정보쯤은 들을 수 있을 거란 생각과는 달리 한국 정부의 답변은 그들을 실망시켰다.

　한국 정부는 정보는커녕 그 아티팩트에 대해 전혀 모르고 있었기 때문이다.

　어쩔 수 없이 그들은 미국으로 넘어가 직접 그들과 협상을 하고자 했다.

　일개 헌터 길드를 상대로 정부가 직접 나서 물건을 구하고자 하는 게 조금 자존심이 상했지만, 이미 불은 발등에 떨어진 상태였고, 그것을 해결한 방법이 따로 없기에 도저히 외면할 수가 없었다.

이후 영국과 독일 정부는 책임자를 임명해 서둘러 미국으로 보냈다.

하지만 미국으로 간 책임자들은 아무런 소득도 없이 본국으로 돌아와야만 했다.

그도 그럴 것이, 미국 정부에서 철저하게 이들을 방해했기 때문이다.

헌터 길드의 정보를 알아보려고만 해도 어떻게 눈치를 채는 것인지 미국 정보국의 인원이 나타나 접촉을 막았다.

때문에 그들로서는 한국의 헌터들이 사용한 아티팩트가 던전에서 발견된 것이 아니라 누군가에 의해 제작된 것이라는 정보를 얻는 것이 한계였다.

아마 책임자들이 워싱턴에 따로 인맥이 없었더라면, 이러한 정보도 얻지 못했을 것이다.

그러한 이유로 다른 유럽 국가들이 한국에서 온 공문을 무시하고 경매에 참석하지 않은 것과 반대로, 영국과 독일 정부는 한국으로 건너온 것이었다.

유럽의 다른 국가들이 아티팩트 경매에 적극적인 참석을 하지 않은 것에는 이유가 있었다.

바로 그리스에 강림한 천사 도리아 때문이었다.

도리아는 자신의 지도자 우렐리우스의 명령으로 지구의 인간들을 수호하려 온 것이라고 주장했다.

그녀는 유럽을 근거지로 활동을 하고 있는데, 그녀를 적극적으로 돕는 곳이 있었다.

그들은 바로 바티칸이었다.

가톨릭의 본거지인 바티칸은 전투천사 도리아를 신의 사자라 명명하며 도리아가 하는 말에 힘을 실어 주었다.

종교적인 성향이 강한 바티칸과 인간을 수호하겠다는 도리아의 목적이 맞아, 그 상승효과로 인해 그녀의 존재는 빠르게 전파되어 나갔다.

그러다 보니 유럽 각국들은 바티칸을 중심으로 뭉치며 몬스터를 대항하기에 이르렀다.

천사의 도움을 받으면 S등급 헌터처럼 재앙급 몬스터를 상대할 전력이 없는 국가들도 재앙급 몬스터도 충분히 상대할 수 있다는 생각이 들었기 때문이다.

물론 사람들은 갑자기 출현한 천사라는 존재를 처음부터 믿을 수는 없었다.

성경에 나온 천사의 형상과 그 외모가 비슷하게 생기기는 했지만, 오히려 그 때문에 새로운 가설을 세우며 더 의심할 수밖에 없었다.

새로운 몬스터, 헌터의 능력 등 여러 가지 의심들이 있었으나 도리아를 통해 얻을 수 있는 이득에 눈이 돌아갔을 뿐이었다.

자체적인 힘이 있는 영국이나 독일의 경우 의심스러운 천사에 기대기보단 스스로의 국력으로 몬스터로부터 국민을 지키는 쪽으로 정책이 기울어지고 있었지만, 그러던 중에 레딩의 몬스터 필드의 사건이 터진 것이었다.

때문에 현재 영국과 독일의 정치판은 바티칸을 중심으로 변해가는 유럽의 기조를 따라가자는 이들과 현재 유럽을 선도하는 자신들이 굳이 알 수 없는 존재에게 끌려갈 필요 없이 스스로 해결하자는 이들로 나뉘어 각축전을 벌이는 혼란스러운 상황이었다.

아직 제임스 케리건 총리를 비롯한 고위 간부들이 자체적인 무력을 키워 해결하자는 쪽이었기에 혼란이 더 가중되고 있지는 않았지만, 이는 시간문제임이 틀림없었다.

이런 때에 한국에서 아티팩트 경매가 있다는 소식을 접한 것이었다.

때문에 영국에선 총리가 직접 나섰고, 독일에서는 나라를 대표하는 최강의 헌터와 차세대 최강이 될 두 S등급 헌터가 한국으로 건너왔다.

그만큼 절박하다는 것을 한국에게 알리려는 심리전도 있기도 했다.

하지만 수많은 노력과 과정 끝에도 영국과 독일의 아티팩트 확보 계획은 실패로 막을 내리고 말았다.

그렇게 서로 위로의 술잔을 주고받으려 파티에 참석한 것이었는데, 아이러니하게도 일이 모두 끝났다고 생각한 시점에서 재식이 그들을 찾아온 것이었다.

경매에서 출품된 아티팩트를 제작한 제작자 본인 혹은 그 제작자를 알고 있을 인물로 유력한 그가 자신들을 찾아오자 그들은 겉으로 표현하지 않았으나 사실 상당히 긴장을 한 상태였다.

행여 기대를 배신당할까 확신하지 못하던 찰나, 미국의 부통령인 제레미 라이언즈가 끼어들면서 이들의 짐작은 확신으로 바뀌었다.

"내가 궁금한 것이 있는데, 하나 물어봐도 되겠나?"

발터 슈미츠는 재식을 보며 단도직입적으로 물었다.

"네. 얼마든지 물어보셔도 됩니다."

이미 재식은 그들에게 접근하기 전부터 그들이 어느 정도 자신에 대해 알고 있을 것이라 짐작하고 있었다.

그렇기에 발터가 어떤 질문을 하려는지 충분히 예측할 수 있었다.

"오늘 나온 아티팩트, 자네와 연관이 있는 것인가?"

발터는 재식이 제작자냐고 물어보고 싶었지만, 아무리 생각해 봐도 말이 되지 않아 속으로 삼켰다.

그도 그럴 것이, 눈앞에 있는 젊은 청년은 S등급 헌터로 알려졌을 뿐만 아니라 벌써 두 마리의 재앙급 몬스터의 레이드를 성공했다.

거기에 미국에 출현한 재앙급 보스 몬스터를 홀로 상대하고도 지금 이렇게 멀쩡히 돌아다니는, 그야말로 초월급의 헌터였다.

기존 헌터들의 능력을 능가하는 헌터를 S등급이라 칭하고 있었는데, 재식은 그런 S등급의 기준조차 넘어선 능력을 보여 주고 있었다.

그렇기 때문에 발터 슈미츠나 옆에서 가만히 지켜보고 있는 제임스 케리건 총리는 재식이 아티팩트와 연관은 있지만, 설마 제작까지 가능한 능력을 가졌을 거라고는 생각할 수 없었다.

눈을 빛내며 자신을 바라보는 이들을 두고 재식은 속으로 미소 짓고 있었다.

그는 그저 인연을 만들기 위해 그들에게 접근한 것이었다.

설령 자신의 비밀이 알려지더라도 상관없다는 판단을 내린 상태였다.

어쩌면 그들도 어느 정도 알고 있을지도 모른다는 생각을 하고 있었다.

하지만 그런 예상과는 달리 그들이 헛다리를 짚고 있자, 재식은 고민에 빠졌다.

굳이 비밀을 자신의 입으로 떠들 필요는 없다는 생각이었다.

그러한 생각 끝에 재식은 거짓도 진실도 아닌 어정쩡한

대답을 하기로 마음먹었다.

"어떻게 알아내신 건지는 모르겠지만, 그 말이 맞습니다."

"역시나."

발터 슈미츠나 제임스 케리건 총리, 그리고 제레미 라이언즈 부통령은 재식의 대답에 일제히 고개를 끄덕였다.

그들의 표정에는 자신의 짐작이 맞았다는 사실에 언뜻 기쁨이 엿보이기도 했다.

그런 그들의 모습이 재식은 안타깝기도 하면서 내심 웃기기도 했다.

"그럼 내 부탁 하나만 해도 되겠나? 지금 사정이 너무도 급해서 그러는데, 얼마가 들어도 좋으니 제발 우리에게 아티팩트를 구해 줄 수는 없겠는가?"

웃음이 새어 나오지 않게 표정 관리를 하던 재식은 갑작스러운 제임스 케리건 총리의 말에 당황했다.

"네? 그게 무슨……."

생각보다 절박해 보이는 그의 언행에 재식은 무슨 일이 일어나고 있다는 걸 직감했다.

"미국에서 발생한 재앙급 몬스터 웨이브 때문에 잘 알려지지는 않았지만, 사실……."

그저 이번 경매에서 아무런 성과를 거두지 못한 두 사람과 작은 인연을 맺기 위해 접근하였는데, 생각지도 못한 정보를 얻게 된 것이었다.

어떻게 보면 영국으로서는 숨겨야 할 치부라고도 할 수 있는 이야기가 총리의 입에서 흘러나오고 있었다.

"런던 인근에 있는 레딩이란 지역에 몬스터 필드가 발생했네."

제임스 케리건 총리는 레딩에서 발생한 몬스터 필드로 인해 영국과 독일이 어떤 피해를 입었다는 내용으로 그의 말은 시작됐다.

이후 아직 필드 내의 몬스터들은 움직이고 있지는 않지만, 언제 자리를 벗어나 레딩과 그 주변에 피해를 입힐지 모른다고 덧붙였다.

"영국에 그런 일이 있었습니까? 전혀 모르고 있었네요."

재식은 전혀 뜻밖의 정보를 듣게 되자 깜짝 놀랐다.

더군다나 몬스터 필드에 존재하는 몬스터들이 하나같이 6등급 엘리트 몬스터들이라는 소리에 뭔가 기시감을 느꼈다.

'설마 이것도 그 일의 연장선인가?'

비록 재앙급이나 초월급 몬스터는 보이지 않았다고 하지만, 몬스터 필드 내에 존재하는 모든 몬스터가 6등급 이상이라는 소리는 확실히 꺼림칙한 게 있었다.

옆에서 조용히 이야기를 듣던 제레미 라이언즈 부통령 또

한 놀라기는 마찬가지였다.

자신들은 그보다 낮은 5등급 이상의 몬스터 웨이브에 국가 재난 사태를 선포하고 동맹국에 도움을 요청했다.

분명 일을 해결하느라 정신이 없던 것은 사실이었다.

하지만 이와 비견되는 사고가 영국에서 일어난 사실을 자신이 알지 못했다는 것에 놀라지 않을 수가 없었다.

더욱이 필드 내부를 조사하는 과정에서 영국의 대형 길드 하나가 전멸했고, 또 그들을 구출하기 위해 파견된 로열가드의 전대 하나도 전멸한 것이나 마찬가지였다.

심지어 독일의 도움을 받고도 몬스터 토벌에 실패했다니.

비록 양 국가의 최고 정예들인 로열가드와 슈타예거 전체가 달려든 게 아니라고는 하지만, 그럼에도 이는 심각한 문제임이 분명했다.

"그런 이유로 미국에서 선보인 아티팩트를 구하려 했지만……."

제임스 케리건 총리는 잠시 말을 멈추고 제레미 라이언즈 부통령을 돌아보았다.

"음, 크흠."

그의 시선에 제레미 라이언즈 부통령은 불편한 마음이 들어 괜스레 헛기침을 하는 척 고개를 돌렸다.

제레미 라이언즈 부통령도 변명할 여지는 있었다.

영국에서 일어난 사건 자체를 파악하지 못했기에 이를 오해하고 행동한 것이었다.

당시 미국은 영국과 독일이 중간에 끼어들어 아티팩트를 언체인 길드로부터 받지 못할까 두려워했다.

하여 CIA나 FBI와 같은 정보 부서들을 동원해 그들의 접근을 막았다.

그런 미국 정부의 욕심을 알고 있는 재식은 세 명 사이에서 흐르는 분위기를 통해 사건의 전황을 대충이나마 파악할 수 있었다.

작게 한숨을 내쉰 재식은 어색해진 분위기를 깨고 입을 열었다.

"그런 일이 있었군요. 그런 거라면 진즉 저희를 찾아오시지 그랬습니까?"

발터와 제임스 총리는 무언가를 더 말하고 싶은 눈치였지만, 이내 마음을 접은 듯 고개를 가로저었다.

이제 와서 말을 더 한들 무슨 소용이겠는가.

가라앉은 눈빛으로 손에 든 잔을 바라보는 그들과는 달리 재식은 작게 미소 짓고 있었다.

그는 한국으로 돌아오기 전, 미국 정부에 가져간 창들 중 삼분의 일 정도를 판매했다.

그러고는 당시 구입을 원한 이들에게 미국 내 경매장을 통해 또다시 삼분의 일을 판매할 수 있었다.

하여 원래 가지고 있는 수량의 삼분의 일 정도와 길드에 남겨둔 구버전의 창 아티팩트를 합쳐 70자루 정도의 여분이 남아 있었다.

그렇지 않아도 문제점을 개선을 해 새롭게 만든 아티팩트들도 있으니, 남은 것들의 처분을 결정하지 못하고 어떻게 해야 할지 고민을 하던 차였다.

마냥 묵혀 둘 수도 없지만, 그렇다고 헌터 협회에 그냥 다 넘기기에는 손해가 막심했다.

그들과는 협업을 하는 관계이기 때문에 아티팩트를 넘기는 과정에서 이익이 많이 생기지 않았다.

아무리 그들과 좋은 뜻을 가지고 협업을 한다고 해도 사업은 사업이다.

뿐만 아니라 헌터 협회가 현재 정부와 재계의 그늘에서 많이 벗어났다고는 하지만, 완벽하게 그 영향력에서 빠져나온 것은 아니었다.

하여 자신이 넘겨준 아티팩트를 전량 헌터 협회가 사용하지 않고, 일정 수량은 대형 길드에 판매한 사실 역시 알고 있었는데, 그저 헌터 길드와의 관계를 위해 눈감아 주고 있을 뿐이었다.

그러한 이유 때문에 현재 남아 있는 아티팩트를 헌터 협회에 넘겨주고 싶지 않은 것이었다.

"그렇다면 방법이 있긴 한데."

좋은 판매처를 구할 수 있겠다고 생각한 재식은 은근슬쩍

운을 뗐다.

"네? 도대체 어떤 방법이……."

제임스 케리건 총리와 발터 슈미츠가 재식의 말에 반응을
보였다.

'설마?'

그의 말에 기대감을 보이는 둘과는 달리 대화에 끼지 않
고 눈치를 보던 제레미 라이언즈 부통령은 그가 무슨 말을
하려는지 짐작할 수 있었다.

"경매에 나온 아티팩트와는 다른 것이지만, 충분한 실전
을 통해 성능이 확인된 아티팩트가 있습니다."

재식은 입가에 부드러운 미소를 지은 채 미국에서 사용한
아티팩트에 대해 설명하기 시작했다.

제임스 케리건 총리와 발터 슈미츠는 두 눈을 반짝이며,
그의 말을 경청했다.

언제 다가왔는지 모를 흥켈 슈미츠까지 발터의 뒤에서 가
만히 이야기를 듣고 있었다.

"그게 정말입니까?!"

흥켈 슈미츠는 원래 자신이 가지고 싶은 아티팩트와 재식
이 언급하는 아티팩트가 같은 것임을 확인하자 흥분을 금치
못했다.

"물론입니다. 저희 길드는 이번 경매에 선보인 창으로 모
두 교체하였기에 기존에 사용하던 것을 처분하려고 준비 중

이었습니다.”

제임스 총리와 슈미츠 부자가 신이 나 떠들기 시작했다.

그런 소란스러운 와중에도 재식은 시선을 느끼고 고개를 돌렸다.

그곳에는 제레미 라이언즈 부통령이 불만스러운 눈빛으로 자신을 쳐다보고 있었다.

“부통령님, 죄송하지만 영국의 사정이 너무도 급해 약속을 지켜 드리지 못할 것 같습니다.”

재식은 제레미 라이언즈 부통령의 불만스러운 시선에 안타까움을 표하며 정중히 사과했다.

그가 미국에서 아티팩트을 판매할 때, 미국 정부는 최대한 많은 수량의 아티팩트를 원했다.

하지만 재식은 이를 거절했다.

언체인 길드원들이 쓸 것과 또 한국 정부를 위해 일정량 이상의 아티팩트를 판매할 수 없다는 이유에서였다.

대신 후에 남은 수량을 판매하게 되면 미국 정부와 우선적으로 교섭하기로 약속한 상태였다.

때문에 지금 제레미 라이언즈 부통령이 불만 가득한 채로 재식을 보고 있는 것이었다.

그렇지만 그 역시 영국과 독일의 위험 앞에서 재식과의 약속을 주장할 수는 없었다.

미국 정부가 몬스터 웨이브를 막기 위해 아티팩트를 대량 구입하는 것처럼 그들 역시 같은 심정일 것이 분명했기 때문이다.

심지어 미국의 동맹국 중 가장 중요한 영국에서 벌어진 사건이었다.

영국의 총리와 독일의 S급 헌터 두 명이 지구 반대편에 있는 나라까지 올 정도로 절박한 상황.

이러한 분위기 속에서 자신의 입장만 주장할 정도로 제레미 라이언즈 부통령은 멍청하지 않았다.

"미국은 이번 경매에서 개량된 아티팩트를 낙찰받았으니, 이건 양보하시지요."

여전히 말없이 가만히 서 있는 그에게 재식이 권유했다.

제레미 라이언즈 부통령은 선뜻 그의 말에 동의할 수가 없었다.

창 아티팩트는 수가 많으면 많을수록 그 효과는 커질 것이 분명한 무기였다.

아무리 개선된 아티팩트가 훨씬 좋은 것이라 하지만, 미국이 확보한 것은 겨우 다섯 명분의 아티팩트뿐.

그런데 영국에 판매될 양은 무려 70자루의 창으로 서른 다섯 명분의 아티팩트였다.

아무리 영국과 독일이 그 수를 나누어 가진다고 하더라도 35자루.

결코 적은 양이 아니었다.

'그가 이렇게 나오는 걸 보니, 남은 수량이 꽤나 있는 게 분명해. 만약 남은 창들을 우리가 구입할 수 있다면…….'

제레미 라이언즈 부통령은 침을 꼴깍 삼켰다.

한숨을 내쉰 그는 주위를 둘러보았다.

불안함 가득한 눈빛으로 재식과 자신을 바라보고 있는 사람들.

이미 결론은 난 것이나 다름없었다.

"알겠습니다. 그럼 이번에는 저희가 양보하겠습니다."

그가 순순히 양보를 선언하자, 모두들 의외라는 표정을 지었다.

하지만 말은 끝나봐야 아는 것.

제레미 라이언즈 부통령은 조건을 걸었다.

"대신 다음 경매에는 저희 미국이 한 세트 더 낙찰받을 수 있도록 부탁드립니다."

의외로 나쁘지 않은 조건에 재식이 잠시 생각에 잠겼다.

'한 세트를 더 달라고 하는 것도 아니고, 낙찰받고 한 번 더 경매에 참가할 수 있는 기회를 달라고 한다라… 나쁘지 않군.'

아무리 생각해도 그의 조건은 자신에게 불리하지 않아 보였다.

혹시 다른 의도가 없을까 생각하던 재식은 고개를 끄덕였다.

미국 정부의 입장에서 이런 조건을 내건 것은 여태껏 한 번도 없던 일이었다.

그들이 이런 불리한 조건으로 협상을 해 본 적이 있겠는가.

늘 갑인 그들이었지만, 현재 재식과 그들의 사이에서는 어깨를 필 수 없었다.

강대국인 미국도 개인인 재식을 강제할 수 없었다.

그를 억압할 수 있다 하더라도 여전히 갑의 입장을 취할 수는 없을 것이 분명했다.

위험 등급이 높은 몬스터에게도 치명상을 입힐 수 있는, 강력한 아티팩트의 출처를 알고 있는 유일한 사람이기 때문이었다.

아티팩트의 정보를 알아내기 위해 움직인 것은 영국과 독일뿐이 아니었다.

미국 정부 역시 아티팩트 제작자를 알아내기 위해 온갖 방법을 동원해 보았지만, 정작 그 아티팩트를 사용하던 한국의 헌터들마저 제작자의 정체는 모르고 있었다.

그저 길드장인 재식이 구해 와 자신들에게 나눠 주었다는 답변만 들었을 뿐이다.

그러다 보니 어쩔 수 없이 을의 입장이 된 미국 정부는 재식과 협상을 통해 약간의 아티팩트를 확보할 수밖에 없었고, 한국에서 새로운 아티팩트를 경매한다고 했을 때, 다른 어떤 나라보다 빠르게 한국으로 넘어온 것이었다.

지금이라고 상황이 다르지는 않았다.

제레미 라이언즈 부통령은 식은땀이 흘러나오는 걸 느꼈다.

만약 재식이 자신의 조건을 듣고 기분이 나빠 다음 경매에 미국을 배제한다고 결정할 수도 있는 노릇이었다.

경매에 참가하는 나라들 중 그들이 빠진다고 항의할 곳은 단 하나도 없었다.

오히려 경쟁자가 하나라도 줄어든 것에 좋아할 게 분명했다.

그러니 그는 재식에게 이익이 되면서도 미국에게도 도움이 될 만한 조건을 내세운 것이었다.

하지만 당연히 받아들일 거란 생각과는 달리 재식의 생각이 길어지자, 그는 긴장할 수밖에 없었다.

"좋습니다. 제 부탁도 들어주시고, 또 동맹까지도 이렇게 걱정을 해 주시는 부통령님을 위해서라도 조건을 승낙하는 게 마땅하지요."

재식의 말에 제레미 라이언즈 부통령을 포함한 모두가 안도의 한숨을 내쉬었다.

재식은 말을 이어 나갔다.

"기존에 사용하던 아티팩트가 70개 있으니 두 개를 더 제작해 영국과 독일이 공평하게 서른여섯 개씩 가져갈 수 있게 하겠습니다."

제임스 케리건 총리나 발터 슈미츠는 재식의 이야기가 거듭될수록 얼굴이 밝아져 갔다.

무려 70개의 아티팩트.

그것만으로도 큰 도움이 될 터였지만, 한 명당 두 자루의 창을 써야하는 구조이기에 수량을 나누는 과정에서 다른 논란이 생길 수도 있었다.

한데 그러한 것까지 고려하여 두 개를 더 만들어 주겠다는 말에 더욱 기분이 좋아졌다.

그리고 제레미 라이언즈 부통령도 거듭된 재식의 이야기에 기쁨을 감추지 않았다.

"아, 그리고 다음 경매에 한 번 더 낙찰 기회를 드리는 것 외에도 다른 조건도 하나 추가하겠습니다. 출품될 아티팩트 중 한 개 세트는 미국이 오늘 낙찰받은 가격으로 가져갈 수 있게 해 드리겠습니다."

기회를 한 번 더 주는 것뿐만 아니라, 오늘 낙찰받은 가격으로 아티팩트를 낙찰받을 수 있다니.

제레미 라이언즈 부통령은 굳이 거절할 이유를 찾을 필요가 없었다.

이번 경매에서 미국이 낙찰받은 아티팩트의 가격은 다른

나라들이 낙찰받은 것에 비해 꽤 큰 차이가 있었다.

미국 정부는 첫 아티팩트부터 한 번에 큰 금액을 부른 것이었다.

다른 국가들은 아직 남아 있는 수량도 있고 다른 곳의 생각은 어떤지 몰라 망설이다가 더는 금액을 올리지 않았다.

하지만 두 번째 아티팩트부터는 어느 정도 각오를 다진 국가들끼리 경쟁하여, 그 가격은 첫 번째와는 비교도 하지 못할 만큼 오르게 되었다.

그러다 보니 인도와 러시아는 감당이 안 되는 액수에 미스릴로 대체하겠다며 말을 바꾸게 되었다.

그들도 희귀 광물인 미스릴은 국외 반출 금지 품목이었지만, 그 대신 강력한 아티팩트와 교환하는 것이라 생각해 과감하게 행동했다.

총리와 대통령이 추후에 승인을 하겠지만, 이러한 갈등을 겪을 정도로 아티팩트의 가격은 천문학적인 금액이었다.

그러니 제레미 라이언즈 부통령 입장에서 또 다시 그런 경쟁을 하지 않아도 되기에 좋을 수밖에 없었다.

모두가 만족하며 얼굴에 미소를 띠우고 있을 때, 재식은 이들에게 다시 한번 은근한 제안을 하였다.

"이것도 인연인데, 저희와 3국이 안보 협의를 맺는 것은 어떻겠습니까?"

"네? 그게 무슨 말이죠?"

제레미 라이언즈 부통령은 개인인 재식이 미국과 영국, 그리고 독일을 상대로 안보 협력을 하자는 이야기에 어처구니없어 되물었다.

"아, 뭔가 오해를 하시는 것 같은데, 저하고 협의를 맺자는 것이 아니라 저희 대한민국 정부, 그리고 실무 부서인 헌터 협회가 하자는 말이죠. 저는 헌터 협회와 여러분들을 연결시켜 드리는 역할을 하겠다는 겁니다."

괜한 오해가 생기지 않도록 다시 한번 풀어서 말하는 재식이었다.

그 제안에 고민하는 이들에게 재식은 자신이 알고 있는 비밀의 일부를 이야기해 주었다.

그의 이야기가 끝날 즈음에는 모두 말없이 멍한 눈으로 그를 쳐다볼 뿐이었다.

'바티칸이 밀고 있는 그 천사란 것도 사실은 몬스터와 다를 게 없다니……'

흉켈 슈미츠는 한 손으로 얼굴을 쓸어내리며 생각했다.

그러고는 고개를 돌려 자신의 아버지와 대부의 얼굴을 한 차례씩 쳐다보았다.

현재 유럽은 헌터 강국인 영국과 독일을 중심으로 하는 세력과 그리스에 강림한 천사를 추종하는 세력 간에 보이지 않는 암투가 있었다.

그나마 크게 충돌하지 않는 이유는 두 세력 모두 인류를 위한다는 목적이 분명하고, 또 몬스터를 사냥하느라 바쁘기 때문이었다.

하지만 천사의 목적이 세간의 알려진 것과 다를 수도 있다니.

재식을 제외한 네 명은 침음을 삼킨 채 아무런 말도 하지 못했다.

〈『헌터 레볼루션』 13권으로 계속…〉

www.b-books.co.kr